惊奇一生的破案故事

胡罡 主编

黄河出版传媒集团
阳光出版社

图书在版编目（CIP）数据

惊奇一生的破案故事 / 胡罡主编 .—— 银川：阳光
出版社 ,2016.6（2022.05重印）
（校园故事会）
ISBN 978-7-5525-2666-0

Ⅰ.①惊…Ⅱ.①胡…Ⅲ.①故事 – 作品集 – 中国
Ⅳ.① I247.8

中国版本图书馆 CIP 数据核字 (2016) 第 143380 号

校园故事会　惊奇一生的破案故事　　　　胡罡　主编

责任编辑　金小燕
封面设计　华文书海
责任印制　岳建宁

黄河出版传媒集团
阳 光 出 版 社　出版发行

地　　址　宁夏银川市北京东路139号出版大厦 （750001）
网　　址　http://www.ygchbs.com
网上书店　http://shop129132959.taobao.com
电子信箱　yangguangchubanshe@163.com
邮购电话　0951-5047283
经　　销　全国新华书店
印刷装订　天津兴湘印务有限公司
印刷委托书号　（宁）0020141

开　　本　710 mm × 1000 mm　1/16
印　　张　6.75
字　　数　108 千字
版　　次　2016年9月第1版
印　　次　2022年5月第2次印刷
书　　号　ISBN 978-7-5525-2666-0
定　　价　30.00元

前　言

我们在故事的摇篮里长大,故事就像一个最最忠实的好朋友,时时刻刻陪伴在我们身边。它把勇敢和智慧传递给我们,也把快乐、爱与美注入我们的心田。

《校园故事会》系列所选用的故事内容丰富、主人公形象生动活泼,而其寓意也非常深刻,会让你在愉快的阅读中了解到什么是美,什么是丑,什么是善,什么是恶,什么是直,什么是曲。我们相信,这些故事一定会使广大学生受益匪浅。真诚地希望本系列丛书能成为家长教育孩子的好助手,学生成长的好伙伴!

本系列丛书内容包括亲情、哲理、处世、智慧等故事,会使你在阅读中收获真知与感动,在品味中得到启迪与智慧。可以说,它们是父母送给孩子的心灵鸡汤,自己送给自己的最好礼物,同学送给同学的智慧锦囊,老师送给学生的精神读本。

总而言之,这是一套值得您精读,值得您收藏,更值得您向他人推荐的好书。因为课本上的道理是一条条教给您的,而这套书中的"故事"所蕴含的大道理、大智慧是要您自己揣摩的。

本系列图书在编写过程中不免会有瑕疵,望广大读者批评指正,我们会虚心接受,坚决改正。

编　者

目　录

一只青布靴

　　清朝康熙年间,吴江有个县令叫彭友仁,他曾处理过不少疑案。有一天,在衙门口看见有条黄狗咬住一只青布靴,想窜进公堂。差役们想撵它出去,彭友仁却说:"这是条义犬,一定是为主人申冤来的!"说完,他上前抚摸了一下黄狗,将它咬住的靴子取下细细观察。

　　这是一只青布靴,很贵重,是练武功的人穿的。彭公吩咐放开黄狗,让它带路。黄狗带着他们来到城外,找到了一个埋着的女尸。

　　这位妇女肯定是被穿青布靴的人杀害的。

　　彭公想,这么贵重的青布靴,凶手一定的很想找回来与另一只配对的。他就命令一位公差装扮成买卖旧鞋的小贩,挑着一筐旧鞋在城外转悠,当然,旧鞋中就有这只青布靴。

　　彭公又派了几名便衣捕快,悄悄跟在后面,专门对付那位练功的凶手。

　　捕快们在城外转了三天。第四天上午,一家茶店里有位后生叫住了旧鞋贩,要买那只青布靴。已装成小贩的公差问他:"这是单只,配对才能穿呀!"那人口答:"只要这靴子没有破洞就行了!"

　　黄狗没在这只靴子上留下破损,那人笑着拿出另一只青布靴,一齐穿上脚去。这时,捕快们趁机扑上去,把他抓住了。

惊奇一生的破案故事

这人被带上公堂,还想抵赖,那只黄狗从堂后窜出,猛地扑到他身上。

这时,他再也无法抵赖杀人了。

动物小知识

狗属于食肉目犬科。生性喜欢吃肉,像野狗就常成群结队地追捕猎物,但经人类饲驯养以后,已经成为杂食动物。狗遍布世界各地,人类利用它们机警、敏捷、智慧高、容易驯服的特性,加以训练来帮助人类做许多事情,是人类忠实的朋友。

草堆下的驴鞍

从前有个人，他家养了一头不好动的驴子。有一次，驴子把缰绳挣断，驴子连同驴鞍都不知去向，一连找了三天，都毫无结果，最后只好上报县尉。

张县尉是个聪敏机智的人，接到报案，立即开始追查，并放出风来，谁要是敢把驴藏起来不交，定要重重治罪。偷驴人心虚，在夜间把驴子放了出来，一看到驴背上那镶着银边的驴鞍，心想这样岂不可惜了吗！

于是把鞍子据为己有。张县尉听说驴子回来了，就对失主说："既然驴子已经回来，驴鞍就算了。"

暗地里，他命令失主不要喂驴，取下驴的辔头，把它放走，并让人在后面悄悄地跟着。

那驴饿得肚皮贴脊梁，到处找不到吃的，又向昨晚喂它的那一家走去。当驴一进门，跟在后面的衙役立即进去搜查，在那家的草堆中找到了那只驴鞍。

偷驴人目瞪口呆，一句话也说不出来。

张县尉处理案件的智谋，人人感到佩服。

惊奇一生的破案故事

　　驴属于奇蹄目马科,产于亚洲,我国西北和东北各省产得很多。驴的外形像马,但较矮小,耳朵较长,背部有一条黑线直达尾部,毛较不光滑,大都为深灰色。

带腥味的镰刀

　　清朝时，浙江有个人被杀死在坡地上，身上有镰刀砍过的伤痕十多处。检验尸体的官员认为：死者衣物俱在，应是仇杀。于是，找到死者的妻子问道："你丈夫可与谁有仇？"

　　妻子回答："没有。不过，东村的刘二前日来借钱，没借给他。他曾说过两天他再来，要是还不借就不客气了。这可能是说说笑话，哪算什么深仇大恨。"

　　办案的官吏立刻赶到东村，通知全村居民马上把镰刀交出来检验，如有谁隐瞒不交，必是杀人凶手。不一会，七八十把镰交来了，一一排列在地上。当时正值盛夏，其中一把镰刀上集满了苍蝇。办案的官吏指着那把镰刀大声问："是谁的？"

　　原来那刀正是那个要借钱的刘二的。

　　办案的官吏把他捉起来审问，开始他不肯认罪，办案的官吏冷冷一笑："还是老实招了吧。你看看，别的镰刀都不招苍蝇，而你的镰刀因杀人，腥气还在刀上，所以引来了苍蝇。你还想抵赖吗？"

　　刘二只好低头认罪，他埋怨自己，如果把镰刀扔进河里，或用水冲洗干净就好了。没想到他们来得这么快。

　　在场的人无不信服。

惊奇一生的破案故事

　　蝇属于双翅目蝇科昆虫。全世界已知约 3000 种,它的成虫喜新鲜粪便和其他腐败的有机物,家蝇的一些种类喜欢舐吸人畜的伤口,如逐畜家蝇舐吸牛身上被其他昆虫咬伤后流出的血液。苍蝇分布全世界,其中以家蝇分布最广,数量最多,与人或其他动物接触频繁,是传播伤寒、痢疾、霍乱、鼠疫等多种疾病的昆虫。

斤鸡斗米

　　清朝年间,有一天清晨,有位农民进城给生病的父亲请医生。他走得太快,不小心踩死了一只小鸡。米店老板一步跨出来,伸手抓住农民,非要他赔900文钱不可。农民身上仅有300文,不够,两人拉拉扯扯争吵起来。

　　正巧,知县段广路过这里,问老板:"什么鸡,值这么多钱?"

　　老板说:"这鸡是一种极好的品种,喂3个月,重9斤,按市价一斤100文,不是900文吗?"

　　段广笑笑,反过来斥责那农民:"你也是,太不小心了。踩死人家的鸡,应当赔!"

　　那农民见这位老爷板下了脸,只得掏出那300文,把衣裳也典卖了,凑齐600文,还缺300文。

　　段广见农民可怜,便从腰里取出300文,凑足了,赔了鸡钱。店老板接过钱眉开眼笑,正要进店,段广喝住了他:"且慢!"只听这位大人慢吞吞地说:"我刚才所判,也有不妥之处。你说你的鸡喂3个月重9斤,倒也不错。不过'斤鸡斗米',鸡重一斤,得喂一斗米,现在鸡已死了,不是省了你9斗米吗?今天他既然赔了你9斤鸡的鸡钱,你也应该把省下来的九斗米还给他,这才公平,嗯?"

惊奇一生的破案故事

老板哪敢说半个"不"字,只得派人取来9斗米,交给了那农民,心疼得三天三夜没睡好觉。

　　鸡属于雉科,雄鸡比雌鸡漂亮,尤其雄鸡头上的冠状肉瓣,艳丽雄伟,很容易区别。鸡怕水,所以我们把被雨淋成一副狼狈样子时的人,称为"落汤鸡"。那么鸡如何保持身子干净呢?鸡经常在干砂上翻动,用砂子摩擦羽毛,把羽毛和脏东西擦掉,这叫"砂浴"呢!

空楼闹鬼

清朝时,江西九江城里有一座三进大瓦房。这天清晨,在这大瓦房门口发现一具男子尸体。人们都说是阎王老爷夜里捕捉的罪犯,说得活灵活现。很快传到县太爷柳铨的耳朵里,柳铨十分惊奇,亲自勘查。

这三进大瓦房,房主是当地首富,太平天国时逃走,房子被用作菜油作坊。后来作坊不明不白地倒闭,先后搬进几家人家,却都很快搬离,空在那里,谁也不敢进去住。

住过这座房子的人家,讲到房子,无不谈虎色变。一到深夜,楼板上格咚格咚响,像有一穿硬底靴的长官踱来踱去。接着是一阵杂乱的格咚格咚声,如一群手执刀械的人围捕人犯。随后格咚格咚地分散而去。平静片刻,楼梯的木阶上又格咚格咚响起来,如有人下楼,紧接是一阵急促的脚步声,如一长官率一班随从下楼。一夜反复数次,夜夜如此。叫人夜不敢寐,恨不能钻到地下去。老年人说:这是阎王爷在这里设立公堂,夜夜差牛头马面出去捕人,审判罪犯。还有谁胆大包天,敢去惹阎王爷。

柳铨决定等到夜阑人静,亲自进屋探访。手下差役十分紧张,建议调 500 精壮汉子,一步一岗,把房子包围起来。柳铨摇摇手,示意不必，只要手下人为他尽快准备数 10 只身强力壮的家猫即可。

入夜，柳铨独坐厢房，听到楼上确如传说一样，令人毛骨悚然。柳铨放出家猫，让它们去探查虚实。不一会儿，楼上打斗声骤起，格咚格咚声乱作一团，充满阴森可怖的气氛。令人感到大难临头，只好束手待毙。奇怪的是，很快平静下来，柳铨感到这数十只猫难逃全军覆没。

不一会儿，有几只凶悍的猫率先回来，嘴里都衔着肥大的老鼠，老鼠的尾巴十分奇特，像缀上一个秤砣似的又硬又重的球。

柳铨夺过一只，秉灯细察。原来是房子做菜油作坊时，老鼠常偷油，尾巴上沾上菜油，菜油粘上泥灰，日积月累，形成坚硬的泥球，跑起来格咚格咚，如人行走。哪里是什么阎王老爷升堂。

房子门口的男子尸体本是凶杀所致，却谎称是被阎王老爷捕捉，混淆视听。不久，此案也随之调查清楚。

鼠属于啮齿目鼠科，杂食性，人类所吃的东西都可作为食物。自古以来就侵扰人类，咬坏家具、咬伤人畜，还会传染疾病，造成很大的损失。鼠有一条细长而带有鳞片的尾巴，吻部尖突，耳朵圆形，眼睛黑亮。生性机警，嗅觉非常敏锐。

半夜鹅叫声

　　清朝时，太行山上有座庙，庙里有两件宝。一个是和尚养的一群鹅，碰上陌生人，马上伸直脖颈，迎上去拦截，嘴里发出进入紧急状态的"沙沙"的叫声，人们都说这群鹅是和尚庙的警报器。第二个是和尚庙里的那只香炉，据说是黄金铸成的。邻村游手好闲的刘二早已垂涎三尺，做梦都想把香炉弄到手。

　　刘二在一个伸手不见五指的夜晚，翻过庙的院墙，看见大殿里点着一盏长明灯，虽不太亮，但把香炉照得清清楚楚。刘二生怕大殿的门轴发出"吱溜吱溜"的声音，惊醒那群可恨的鹅，拉开裤子，在门轴窝里尿些小便，神不知鬼不觉地推开门。只要再上前半步，伸手就可以拿到金做的香炉了。这时，庙里的和尚正在沉睡中。

　　刘二没想到香炉和长明灯是用暗线连着的，捧起香炉就带翻了灯，油灯咣当一声倒在神案上，惊动了鹅群中放哨的鹅，院子里的鹅一只接一只大声惊叫起来。

　　刘二抱起香炉没命地跑。几十只鹅拍着翅膀，惊叫着疯狂地向跑动的黑影撵过来。整个庙沸腾起来。

　　和尚已被鹅群的惊叫声唤醒，赶过来。

　　刘二翻墙逃跑，叫鹅追得把一只鞋掉在院子里。

11

第二天天刚亮,和尚带着那只鞋子,到附近村庄挨家挨户的查问,很快找到刘二,追回香炉。从此以后,心怀叵测的人,对那群鹅更是又恨又怕。

　　鹅是很常见的家禽,属雁鸭科,是由灰雁或原鹅驯养改良而成的,由于驯养的时间很久,因此鹅多半丧失了飞行能力。人类饲养鹅已有4000年的历史,主要是食用它的肉和蛋。在钢笔还没有发明以前,欧洲人还以鹅的羽毛沾墨水写字呢!

猎鸡计

　　浙江省桐庐县上半村张琪家养的鸡,时不时被小兽拖走,有个肉瘦的小鸡,还有未长大的童子鸡,但也有个大力的大公鸡、老母鸡。张家屋后就是山,山里免不了有黄狐赤狸。张琪见丢的鸡大小都有,就认定这是狐狸们干得好事,因为黄鼠狼个儿瘦小,如果个对个与6斤8斤重的公鸡母鸡争斗,怕还不是鸡的对手呢。他的堂伯是个有经验的老农,听张琪这么一说,就来到他家的鸡笼旁蹲下身来,细细地打量地上的浮土。好半天,他说:"说出来怕你们也不相信,你家的鸡十有八九是黄鼠狼拖的,绝对不是狐狸拖的。你看,这脚印又小又细碎,正是黄鼠狼的脚印。这点上,我错不了。"张琪知道他堂伯是个捕黄鼠狼的能手,在这点上,他是村里的权威,但他到底信不过小小一只黄鼠狼竟能拖动偌大的一只鸡,决定以后多留几分神,看出一个究竟来。

　　这天早上他一起床,就将那三四十只鸡放出笼来,然后回屋拌鸡食去了。正这时,哄的一下,鸡散了开来。他以为是鸡在瞎起哄,也没放在心上。鸡食不够,得上楼去取,这样花去了有10分钟。等他拿了鸡食出来,见地上有一撮新鲜的鸡毛。他吃了一惊,忙一点数,缺的是只大母鸡。张琪这一惊非同小可,连忙丢下鸡食,三脚并作两步向后山赶去。小路一路散有鸡毛,他一路赶去,一直追出300米外,才看见自家那只大黄母鸡正急急飞奔,背上黄彤彤的一件什么东西贴着。定睛细看,竟是一只仅重一斤的黄鼠狼。只见它四肢张开趴在鸡身上,嘴巴紧咬鸡颈,长长的尾巴连连抽打着母鸡,两只前爪不断地左拍右打,借此来纠正母鸡的方向。张琪大叫一声,扑了上去。直到这时,黄鼠狼刺溜一下跳下鸡背,一溜烟逃走了。

想不到小小一只野兽,还有这么一招。

　　黄鼠狼是哺乳类啮齿目鼠科动物。又叫黄鼬。头稍圆,身体长而腿短,背部毛色赤褐,嘴周围白色,胸腹部淡黄褐色。体长大约有 30 厘米,尾长 15~20 厘米,一般在河谷、土坡、灌木丛以及田间或树下的洞穴中栖息,主要夜间活动。黄鼠狼的肛门处,有一对臭腺,遇到敌害时能放出怪异的臭味,有御敌自卫作用。因为黄鼠狼有放臭气和偷鸡的习性,被人们认为是害兽。

一只乌龟三个主

吃过中饭,晓明直奔花鸟市场。今天,他特意带了两只小龟,想跟别人交换几只热带鱼。这小龟是他和爸爸用人工孵化培育的。

晓明在人群中挤来挤去。突然,有人喊:"地上有一只乌龟!"不少人围上去,晓明也钻进了人堆。只见地上有一只鸭蛋大小的乌龟,一面爬一面伸长头颈,一点儿也不胆怯。晓明下意识地一摸塑料袋,不好!塑料袋底下有条小缝,两只乌龟只剩一只了。他赶忙弯腰去捉那只逃脱的乌龟,一个瘦子商贩嘴里嚷道:"谁也别动。这乌龟是我的!你没见我盆里少了一只吗?"说罢,伸手去捡。刚伸手,又被边上矮胖个体商贩拦住了:"别忙,我刚刚清点,发现逃走了一只小乌龟。不信你们看,和我卖的一模一样!"

一只乌龟三个主,这可麻烦了。两个商贩争得不可开交,都说乌龟是自己的,还差一点打起来。晓明突然灵机一动,对众人说:"我有一个办法能鉴定这只乌龟究竟是属于谁的。"

人们不约而同地发出了惊讶声。两个商贩也停止了争吵。瘦子问晓明有什么办法。晓明一本正经地说:"你们两人谁能做一个动作或者喊一声口令,叫这只乌龟朝你的方向走三步?不论是谁,只要能做得到,这乌龟就归谁!"

瘦商贩用手掌在地面上接连拍了几下，那乌龟紧缩着头，一动也不动。不一会儿，乌龟又伸出了头，但没挪动一步。那个胖商贩对着乌龟一面招手一面喊："过来过来。"不料那乌龟反而掉过头，尾巴对着他，一动也不动。气得胖子瞪着眼珠骂："真是乌龟王八蛋！"

晓明说："这个乌龟是我的，不信，你们瞧。"他蹲下身，对着缩紧头的乌龟连击三掌，那乌龟伸出头，朝晓明一步步走来，一个看热闹的人问晓明，"乌龟怎么会听你的话？"晓明笑着答道："这乌龟是我从小养大的，每当喂食时，我总要击三掌，时间一长，就养成习惯了。"

动物小知识

龟是卵生的爬虫类动物，在分类上归属于龟鳖目，龟生活在陆地、海洋或淡水的河湖中。以栖息地而言，龟分为海龟和陆龟两类。它们是变温动物，需要冬眠。虽然龟没有牙齿，可是锐利的颚却同样可以切割鱼、虾、昆虫或其他植物的嫩叶。龟是很长命的动物，有的能活到 100 岁以上。

谁的责任

一大早,房里传来了莉莉的哭声,妈妈觉得奇怪,忙赶了过来。原来,莉莉起床后准备朗读课文,发现语文书被老鼠咬烂了,书包也咬了个大口子。妈妈一面安慰着莉莉,一面咬牙切齿地咒骂着老鼠。的确,老鼠已闹得这家人成天不得安宁,你瞧碗橱的纱门被老鼠咬了好几个洞,大衣橱里莉莉地衣服上还撒上的鼠屎。莉莉发狠要除掉这帮"灾星"。于是,她到隔壁芳芳阿姨家借来了老花猫,打算除掉这些害鼠。

晚上,莉莉关上厢房的门。可是,老花猫蹿上跳下急着要出去,并发出一阵阵嘶叫。这一叫,那帮老鼠的确消声灭迹了。可是,老花猫一个劲地急着要出去,一会儿啃咬着门边,一会儿跳上了窗沿。眼看着又要向桌上的花瓶跳去,莉莉急了,赶紧上去捉它。突然,老花猫一回头,一睁眼,一龇牙,发出"嘶"的一声,伸爪抓到莉莉的脸上。

这一抓不要紧,莉莉的脸蛋被抓破了,眼睛也出血了。医生说伤着了眼球,说不定要失明的。莉莉住院了,眼睛虽然保住了,可是,医疗费用去了 500 多元。于是,莉莉的爸爸告到了法院,要求芳芳赔偿损失,可芳芳说,莉莉的眼是被我家的猫抓坏的,可猫是被你家借去的,你不捉弄它,怎么会抓人呢?两家人都在翻法律条文,向懂法的人请教。很快莉莉的爸爸找到了法律依据:《民法通则》第一百二十七条规定,饲养的动物造成他人损害的,动物饲养人或者管理人应当承担民事责任。可芳芳也找到了法律依据,这127条也说,由于受害人过错造成损失的不赔。

两家各讲各的理,只等法官裁决。法官最后指出:芳芳家的花猫借到了莉莉家,对这只猫的管理责任随之发生了转移。莉莉家因管理不善,造成莉莉的眼睛被抓伤,应当自行承担此事责任。

动物小知识

猫属于食肉目猫科,喜欢单独行动,为肉食性动物,喜欢吃老鼠、小鸟、鱼等小动物,常在晚上活动和觅食。猫在遇敌或害怕时,会把背弓起来,样子比平常凶,而且会发出嘶叫的声音,在平时则多发喵喵的叫声。家猫是从野猫驯化而来的。

惊奇一生的破案故事

鼹鼠入瓮

长白山下有座参园。参园中,一排排小棚子底下,飘着人参花的香气,这是明月高悬的一个夜晚。

小胖子趴在土埂下,两眼瞪得老大。他在观察鼹鼠的夜间活动。鼹鼠这种小动物,可把参畦糟践苦了,它在人参根下打洞,穿来穿去找虫吃。常常啃伤人参,咬断参苗。

鼹鼠出洞了,它们顺着垄沟跑来跑去。小胖发现鼹鼠是半瞎子,全靠鼻子闻味走路。如果⋯⋯他想了一个办法。

天明后,他从家里搬来一只大肚空坛子,埋在垄沟里,口和地一般平,再在上边蒙上一张纸,撒上细土面。

爷爷不明白,问:"你这是干什么?"

"捉鼹鼠呗!"

为了保险起见,小胖还挖了条大红蚯蚓,用线拴中间,放在坛口上。

夜里,果然鼹鼠们又出来了。有两只鼹鼠头对头地顺着垄沟,跑向坛子。它们看到大蚯蚓,就急急忙忙地跑过来,"扑通"一声踩破了纸,掉进坛子中去了。鼹鼠急得团团转,无论如何也爬不出来,大声叫着。

19

惊奇一生的破案故事

第二天一早,小胖跑来看,嘿嘿,两只小鼹鼠,正一只踩着一只,往坛口爬哩!可它们休想逃脱,离坛口差一大截呢!

小胖喊起来,"爷爷,你快来看呀!我捉到鼹鼠啦!"

爷爷看了捋着胡子直笑。

那一天,小胖和爷爷推着小车,装满了大肚坛子,通通埋在鼹鼠出没的地方。每天都能捉到鼹鼠。

人参园变兴旺了,人参长得十分茂盛,有的开着花,有的结着果,很少有鼹鼠祸害了。

　　鼹鼠属食虫目鼹科,是哺乳类动物,鼹鼠绝大多数挖洞营穴居生活,毛黑褐色,嘴尖,眼小。前肢发达,脚掌向外翻,有锋利的爪子,适于掘土,后肢细小。白天住在土里,夜晚出来捕食昆虫,也吃农作物的根。危害农民的庄稼。

割掉舌头的牛

宋朝时的包公是举世闻名的清官。这一年,包公在天长县当县官。有位农民来告状,他的耕牛被人偷偷割掉了舌头,希望包公帮他追查。

包公说:"那个割你牛舌头的人,一定与你有仇。这样吧,我赏你500贯钱,你将那条没用的牛杀掉卖肉,就能再买条耕牛回去了。

那个农民千恩万谢,领了500贯钱,回去将那残废的耕牛杀掉,贱价卖给村民。

这时,村头又有人看见新贴出来的布告,写明农忙季节不准宰杀耕牛,违者要坐牢,揭发者有赏。这布告是包公吩咐张贴的。

没到中午,那个农民被他的邻居揪着送到包公跟前,说他犯了私宰耕牛罪。

包公哈哈一笑,说:"现在我知道真正的罪犯是谁了,就是你! 你割了他家耕牛的舌头,见他不但没损失,反而得了500贯钱买条新牛,真是又恨又气。现在禁止宰杀耕牛的布告贴出来了,你就以为一定能告倒他了,对吗?"

这位邻居还想抵赖,包公说:"割牛舌必定弄得一身是血,说不定身上还有被牛踢青的伤痕……若不招认,追究清楚,罪加一等!"

"扑通"一声,那个邻居跪倒在地,打起自己的耳光来了。

　　牛属于偶蹄目牛科,为草食性动物。牛有四个胃,具有反刍作用。牛的体型肥壮,头上有一对弯曲而中空的角。有一条长尾,可用来驱赶蚊蝇。四肢强而有力,每肢有四趾,只有二趾着地,另二趾为悬蹄。

包公审驴

王五养着一头驴,靠驴驮炭为生。他对待自己的驴,爱得像宝贝似的。

有一天,王五将驴拴在买主家门口,自己到院里去送炭。出来时,驴不见了。在他原来拴驴的那棵树上,却拴着一头癞皮驴。他急得要命,四处寻找,也没见影子。王五又急又气,就拉着癞驴去包公案下告状。告谁呢?只好告癞驴。

包公升堂问案,喝令衙役将被告带上堂来。

包公对着癞驴喝道:"你是哪里来的癞驴?怎敢冒名顶替?"

癞驴奔拉着脑袋,不会讲话。

包公把惊堂木一拍,高声吩咐左右说:"王朝、马汉,快给这可恶的癞驴戴上笼嘴,禁止吃草饮水,关押三天,再行审问!"

堂上堂下的三班衙役,听了忍不住想笑,可又不敢,只好照着包公的命令,把这个被告——癞驴关在一个空圈里。这个消息传出后,百姓都觉得这个案子新鲜。当三天期满,再升堂审这癞驴时,成千成百的人挤着看热闹。

三声鼓响,包公升堂入座。那头癞驴,肚子瘪瘪的,有气无力地奔拉着头,被衙役牵上堂来。

包公把惊堂木一拍,喝令左右:"给我把这癞家伙重打四十大板!"

衙役一声呼应,便手执木板,向癞驴打去。一十、二十、三十、四十——四十大板打完了。

包公又说:"现在解开缰绳,让它自己去吧!"

癞驴关了三天,又渴又饿,又被衙役的大板打怕了,刚解脱缰绳,就没命地冲出公堂,向远处跑去。包公立即吩咐一个衙役和王五两人,暗暗跟踪,看它跑到谁家,那谁就是癞驴的原主,谁就是偷换王五驴子的贼。

衙役、王五和一些看热闹的人们,远远跟在癞驴后面,直跟了 15 里,只见它直直地跑进一个独园人家去。人们也马上跟了进去,果然找到了王五的那头好驴,同时还捉到了那个偷驴的无懒汉。

动物小知识

　　一般人都说驴笨,其实驴的记忆力很强,可能比马还要聪明。包公就是抓住驴认路的特点才破案的。不过它脾气很倔强,但对于擅于驾驭它的人,却很听话。驴生性刻苦耐劳,能持久工作,能吃粗食,能耐渴、耐饿、耐热,很受农民的喜爱,所以我们不应该歧视驴哦。

惊奇一生的破案故事

腹中的毒蛇

明朝崇祯年间,杭州出了个骇人听闻的案子:当地出名的秀才杨白酒后暴死,验尸发现他的腹中竟有一条剧毒的蝮蛇!

当时,他正仰卧在湘妃榻上,会不会是梁上的蝮蛇被酒气熏昏,正好掉在他张开的嘴里呢?杭州太守吴平仁决定要查个水落石出,他命令差人屋前屋后仔细寻找。结果,在乱草丛中找到一段一尺多长的细竹筒,附近还有半寸多长一截带血的蛇尾巴。

吴太守推断,必定是有人将毒蛇关在细竹筒里,两头封住。等杨白被灌醉后又将蛇尾那头打开,用刀割断细细的蛇尾,再将竹筒另一头打开,迅速塞进杨白张开的嘴里。毒蛇拼命挣扎,窜进秀才的嘴巴又进入腹中,连咬带绞杀死了杨白。

凶犯必定与捕蛇人有牵连!

吴太守命令,召集杭州所有的捕蛇人讯问,果然获得了线索。有个叫陆基的秀才四天前用重金买下一条蝮蛇,并要求将蛇装在两头塞住的细竹筒里!

嫉妒才能超过自己的杀人犯陆基终于被绳之以法。

动物小知识

　　蛇属于爬虫纲的蛇亚目,几乎到处都有发现。大部分卵生,少部分卵胎生。有鳞片状的外皮,随着身体的成长,每隔一段时间会蜕皮一次。没有眼睑,所以连冬眠时眼睛也是睁开的。嘴巴有伸缩自如的韧带和方骨,因此能吞下比自己体型大的动物,而且饱食之后,还会爬到有阳光的地方晒太阳,让体温增高,以促进消化。

惊奇一生的破案故事

智判烈马案

清朝时,山东有个叫李冬的名士。他有一匹烈马,性情凶猛,膘肥体大。别说是人,就是别的马一接近它,也会被踢伤或踢死。

这天,李冬来到县城,把马拴在一棵树上,正要走开,看见一个富家公子在此下马,并叫随从把马也拴在同一棵树上。李冬连忙劝阻,那随从根本不听,李冬又转身对主人说:"这马性情暴烈,请将马拴到别处。"那公子把脚一跺,"老子就拴在这里,看你怎样?"说罢转身就走。

不一会,烈马真的将公子的马踢死了。公子火冒三丈,叫随从把李冬扭送县衙。

知县是郑板桥,一见原告是本县有名的苏衙内家的大公子,知道不好对付,问了情况,就以验马尸为名宣布退堂。暗地里派人向李冬授意,要他明日公堂上暂时委屈一下。

次日升堂,原告、被告带入公堂。郑板桥一拍惊堂木,要李冬从实招来,李冬一言不发,郑板桥呵呵一笑说:"哦,原来是个哑巴。本县不好审理!退堂。"苏公子一步跨上来,说:"大人且慢,此人并非哑巴,是他自知理亏,不愿招供。"郑板桥说:"何以见得?"苏衙内说:"昨天我家奴去拴马时,他亲口对我说过话。"郑板桥又问:"昨天说了什么,有何

惊奇一生的破案故事

人作证?"苏衙内说:"有家奴作证。"

郑板桥吩咐传苏衙内的家人。家人上堂后,郑板桥问:"此人昨天是否对你说过话?"家人说:"确实说过。""说什么?""我去拴马时,他对我说,他的马很凶,要我把马拴到别处去,免得踢坏了我家公子的马。"

郑板又问苏衙内:"此话当真?"

苏衙内说:"一点不假,我亲耳听得。"

郑板桥仰天大笑:"此案已经了结啦,李冬的马拴在树上时,你们也去拴马,人家已将情况说明,你们不听,只能自食其果。本县宣布李冬无过,放人。"

说罢又宣布退堂,苏衙内气得脚直踩,但一点办法也没有。

马属于奇蹄目马科,种类很多,可以分为阿拉伯马和蒙古马两大系统。阿拉伯马较高大,目前广布全球。蒙古马较小,但耐力大,是我国常用的马种。

死尸下的蛤蟆

明朝年间，有两个农民，一个叫万老大，一个叫柳老面。一天，二人去地里割麦，万老大扛着长杆子镰刀走在前头，柳老面有事，走在后面。等他办完事赶到麦垄边，见万老大倒在地上，脑袋滚落一边，血流了一地。柳老面吓得浑身发抖，四下瞅瞅，空无一人，转身便向县衙跑去。

知县是个昏官，硬说是柳老面图财害命，杀了万老大，将柳老面押入死牢。正好扬州戴知府巡视，见柳老面大呼喊冤，又从邻人那里得知柳老面平时胆小怕事，哪敢杀人，便对这案子有了兴趣，接管过来。

戴知府来到现场，见尸体向前栽倒，旁边有把大镰刀，这镰刀上面沾满了血，这正是凶器。那个邻人在旁边作证，这刀是万老大自己的。戴知府翻开尸体，见下面躺着个死蛤蟆，他有些奇怪，正思考着，忽听随从叫道："血！"戴知府匆匆过去，见路边小沟旁的草叶上有几点淡淡的血迹，但不像人血，而且离尸体五步远，血不可能溅到这里。戴知府沉吟一会儿，命随从下水察看，不一会儿，随从双手捧出一样东西，戴知府定神细瞅，却是条二尺余长的死蛇，蛇身上有道很深的伤痕，看来草上的血是蛇的。戴知府吩咐把死蛇带回衙门。

第二天，他换了便装，到百姓中暗访。碰到几位老者，便把那蛇拿了出来,问这蛇是什么东西所伤。老者左看右瞅,都说:"这伤痕粗糙,不是利刃所破,倒像是刀螂锯的。"

刀螂!戴知府眼睛一亮,只听一老者继续说:"刀螂身长二寸,两只前脚也有两寸长,上面布满齿刀,跟利锯一样。"然后又问知府在捡死蛇的附近是否看见蛤蟆、老鼠等,因为这几个常见之物都是冤家对头。蛇吞蛤蟆,刀螂拔刀搭救,等救出被害之物,反而要能成为对方一顿美餐。戴知府听了心中明白几分,连连道谢。赶回去之后,将死蛤蟆肚子剖开,果然有只刀螂,便放了柳老面,将这案子澄清。

原来,万老大来到田间,见一条蛇在吞食蛤蟆,一只刀螂跳过来剖开蛇腹,救出蛤蟆。蛇痛得滚入水沟,蛤蟆却把刀螂给吞进肚里。万老大见蛤蟆可憎,便想用镰刀把蛤蟆捣死,却忘了刀刃在哪一边,"咔嚓"一下,倒把自己砍死了,"扑通"倒地,正压死了蛤蟆,柳老面在后面,当然不知这一切啰!

 动物小知识

蛤蟆又叫蟾蜍,属于两生类无尾目的蟾蜍科,约200种,分布很广,除了极地之外的地区都有。蟾蜍全身长满了突起的疙瘩,皮肤既粗糙又干涩,腿短、体胖,动作笨拙且不会跳跃,只会缓慢地爬行。平常白天不出现,夜间或雨后才出来活动。蟾蜍具有自卫能力,皮肤上的毒腺会分泌毒液,保护自己。

黄猫断银

明代嘉靖年间的一天，一个男子扛了只包袱，跌跌撞撞地跑进县衙来告状，说他叫王讳，刚才过河时，被摆渡的汉子抢了50两银子。

县令宋清问："你是干什么的？"

那男子道："卖蜜饯的。"

宋清又问："银子放在什么地方？"

男子打开包袱，露出了几盒蜜饯，说就放这里的。

宋清叫衙役去把那个歹徒抓来。不一会儿，那大汉被带上公堂，打开他的包袱一看，不多不少，正好50两银子。大汉"扑通"往地上一跪，喊着："老爷，小的冤枉！这是我多年的积蓄。"

宋清吩咐人把这银子放到院子里，然后专心地看起来。

过了一会，宋清见自己的那只小黄猫正在银堆上东闻西闻，便问那大汉："有外人知道你的这些银两吗？"大汉想了想，说："昨天我跟酒店的小二说过，我常去吃酒，混得很熟。"宋清又叫人把店小二找来，指指王讳："你认识他吗？"店小二说："他昨天在我的店里吃过酒。"

店小二想了一会儿，一扭头看见摆渡的大汉便道："想起来了，此人昨晚与这位大哥前后脚进的酒店。"

宋清点点头，大吼一声："王讳，你好大的胆子，为了50两银子，竟敢诬陷别人！"

王讳吓得脸色发灰正要狡辩，宋清冷冷一笑，道："刚才你说这银子和蜜饯放在一起，这银子在院子中放了半天，如果是你的，那上面定会爬满爱甜味的蚂蚁。可现在一只蚂蚁也没有，而猫却嗅来嗅去，说明银子上有腥味，这样看来，银子是谁的不是很清楚了吗？"

王讳见真相已露，不得不招。原来，这王讳经常行骗，那天吃酒时，听小二和摆渡的打鱼人说话，便心生一计，买了些蜜饯，又撕破了自己的衣服，装作被抢，告到公堂，没想到偷鸡不成反而蚀了把米，悔之晚矣！

动物小知识

猫有柔软的形体，很讨人喜爱。身手矫健，因为脚底有肉垫，且脚趾的钩爪会缩入脚鞘内，所以走路无声无息。它的眼睛很特别，瞳孔在白天或明亮的地方会缩为一条线，而在晚上或黑暗的地方则放大成圆形，而且特别明亮，因为眼睛的视网膜后有闪光毯的构造，会将射入的光线反射出来。它嘴边的触须有敏锐的触觉作用，在黑暗中有助于探索周围的环境。

惊奇一生的破案故事

32

有毒的乌龟

东汉末年,曹操出任洛阳北部尉时,看到一份毒龟惨案的卷宗。

原来,当地富翁杨基有个 18 岁的女儿仪娘,她看中了穷书生王辰,非要嫁给他不可。但是,当地另一个富翁的浪荡儿子曹醉也到杨基府上来求婚。杨基既怕得罪曹醉,又不甘心女儿嫁给穷书生,恰巧另一位贵公子来求婚,就一口答应下来了。他怕仪娘伤心,又让王辰与仪娘结为干兄妹。新婚之夜,按照洛阳习俗,要将女家带去的一只龟煮熟后请新郎吃下。王辰毕恭毕敬端上龟肉,新郎吃下后竟七窍出血身亡。自然,王辰成了嫌疑犯。棍棒之下,他招供了,但证据不足,毒药来历不详。

几次审问,也找不出线索。这天,曹操在看书时突然在《汤液经法》中看到一段记载:一般龟只晒背,剧毒龟却晒腹。难道新郎吃的是晒腹龟吗?

次日,曹操命人高价收龟,终于找出一只晒腹龟,煮熟后,任何动物一吃便死。曹操又了解到,曹醉也给杨家送去过一只龟,还偷换了杨家那只龟。为了证实曹醉的罪恶,曹操摆了桌龟肉宴,请曹醉赴宴。

龟肉一上桌,曹操说:"这只龟专晒腹部,腹中的肉一定鲜美无比。"说罢,尝了一口,众人也举筷品尝。曹醉不敢举筷,但转念想到如

果发生惨祸,自己脱不了干系,只得大叫:

"别吃啦! 晒腹龟有剧毒!"

曹操假装吃惊,忙问用什么解毒,曹醉说:"大家快饮杜康酒,这是惟一解毒药。"

顿时,曹操笑了,对大家说:"各位放心,盘中龟肉无毒,都是我的戏言。不过曹醉刚才所说,确是真言哪!"

曹醉知道中计,一下子瘫倒在椅子里。

晒腹龟,也属于龟鳖目,这种龟有剧毒,极为罕见。大凡是龟类一般都是晒背的,只有晒腹龟晒它的腹。它的嘴略带鹰嘴形,腹部龟甲深黄,不像一般龟浅黄有黑斑。

惊奇一生的破案故事

假地契

　　有一次，苏东坡路过松江，被松江县令邀去品尝鲈鱼。宴席间，县令谈起最近一件田产案，向苏东坡求教。

　　原来，当地有家富绅伪造了一份假地契，趁另一户人家的主人去世，想霸占那家的田产。地契上笔迹和印章难辨真假，还被虫蛀过，似乎年代已久，是那家主去世前几年立的。

　　苏东坡想了想，说要看一看那份虫蛀过的地契之后再说，县令吩咐立即取来。

　　苏东坡拿过地契一看，果然笔迹和印章已经很难辨别，纸张也显得十分陈旧。但是，苏东坡对着阳光仔细看了看蛀虫在地契上留下的几点污痕，就毫不犹豫地笑着说："这是假地契！是将事先写好的东西，放在小蚕匾里，小蚕吃不到桑叶，只能啃纸张，但拉出的蚕屎却是有色的呀！不信，可以叫富绅将夹放地契的那本书找来，一对蛀痕就能明白。"

　　松江县令拍手叫好。

　　当然，企图霸占别人田产的富绅也逃不了惩罚。

动物小知识

　　蚕属于昆虫纲鳞翅目蚕蛾科。又称家蚕,习称蚕。它是一种具有很高经济价值的吐丝昆虫。以桑叶为食料,茧可缫丝,桑蚕是全变态昆虫,一个世代中,经历卵、幼虫、蛹、成虫四个发育阶段。

惊奇一生的破案故事

东坡智破黄鳝案

苏东坡在杭州做官时,接手了一桩未了结的案子:李秋英投毒害死亲夫。

再次提审李秋英,李秋英坚持说没有投毒。她哭泣着说:"那天我婆婆被堂兄俊生接去他家,中午时分,他又送来一条黄鳝。那知丈夫吃了我烧的黄鳝不一会就死了。"东坡问道:"你做的菜为何自己不吃,让你丈夫独用?""我因心泛呕吐,不想吃。""你们结婚几时了?""半年多。"东坡听后,走下堂来给秋英切脉,切脉结果,发现秋英已怀孕三个月。原来女人怀孕,有许多人都要呕吐不想吃东西的。东坡想,看来秋英说的是实话。黄鳝使他想到医书上的记载,有种望月鳝,夜间昂头静观月色,此物罕见,其毒无比。俊生是本地名医,不会不知道此情,俊秀家颇有家产,他死后,堂兄俊生可继承财产。想到此,东坡似有所悟。

第二天,东坡升堂宣判,李秋英定为死罪秋后处决。等了两个月,不见有动静。东坡又作安排,他让人抱了一个木匣到秋英家,对他婆婆说,秋英在牢中得瘟病而死,尸体已火化,这是她的骨灰。

不久,俊生做了俊秀母亲的过继儿子。正当俊生用算盘算着俊秀家财产时,差役逮捕了他。大堂上,东坡冷冷地问道:"郎中先生,望月鳝之物不会不知道吧?"俊生一听,脸色大变。最后,不得不承认是用望月鳝毒死了堂弟。

 动物小知识

　　黄鳝属鱼纲。身上没有鳍,整个就是光滑的。皮肤呈金黄色,有黑色斑点。"抬头黄鳝"可能受铅污染的缘故,一般有毒,不可食用。黄鳝不像多数脊椎动物那样终生属于一个性别,而是前半生为雌性,后半生为雄性,其中间转变阶段叫雌雄间体,这种由雌到雄的转变叫性逆转现象。

螃蟹拦轿

从前,有个叫王大的老人,靠打鱼为生,老夫妻俩省吃俭用,存了点钱,打算靠它养老。

这天,王大捕到只大螃蟹,有脸盆那么大。他从没见过这么大的螃蟹,便将它养在缸里,平日带些小鱼小虾喂它。日久天长,那螃蟹和老夫妻熟了,友好地朝他俩挥动着大钳,跟他们打招呼。

在一天夜晚,村里地痞钱四赌输了钱,便窜到王大家偷走 50 两银子,被缸里的螃蟹发现了,伸出大钳,狠劲地夹住他的手,痛得他直哆嗦。王大夫妻被惊醒了,钱四见事已败露,扳断螃蟹的大钳,用匕首将夫妻俩杀了。

邻居发现了这一惨状,又见那螃蟹在一边立着身子,嘴里直吐白沫,好像有许多话要诉说。一个邻人说:"你有什么冤情去拦知府的轿子吧!"螃蟹真的斜着身子爬出门,横在路上,拦住了知府轿子。

知府伸头一看,见那螃蟹用四只爪子撑住整个身子,不住地往下磕,感到惊奇。许多人围上来看热闹。片刻,打探的差役回来把经过一说,知府沉思一会,决定审理此案。

那天,知府高坐在大堂,桌子一拍:"螃蟹!莫非你知道凶手是谁?"话刚说完,只见螃蟹向人爬去,人们"哗"地让开了一条路,它却停在一人身前,支起身子使劲地钳住那人的脚,痛得他直叫唤。知府忙问:"被咬的是何人?"差役回禀说钱四,知府命令将钱四押上来。钱四早已吓得魂不附体,语无伦次。这时螃蟹忽然松开口,转身向外爬,知府觉得奇怪,就跟着它出去。只见螃蟹爬回王大家,从墙角夹出一块玉环。知府一看,上面刻着"钱四"二字,便派人去钱四家搜查,竟搜出了那50两白银。钱四见隐瞒不住了,只得招认了。那玉环是他偷银子时丢下的。

动物小知识

　　蟹是十足目短尾次目的通称。它的身体分为头胸部与腹部。头胸部的背面覆以头胸甲,形状因种类不同有所差异,两侧有5对胸足。额部中央具第1,2对触角,外侧是有柄的复眼。腹部退化,扁平,曲折在头胸部的腹面。雄性腹部窄长,多呈三角形,雌性腹部宽阔。多数蟹为海生,以热带浅海种类最多。

惊奇一生的破案故事

失踪的邮票

小山的一张邮票不见了，他硬说是毛毛偷的，为这，他俩吵了一架。是的，毛毛中午曾去过他家，看见小山表哥从北京寄来的那封信，看见他把信封上的那枚大熊猫邮票剪下来，放在窗台上晾……难道就凭这些说毛毛是小偷吗？

毛毛决定去找破案能手张福才商量商量。

听毛毛一说，张福才拉着他一起到了小山家。小山正在欣赏集邮册，见毛毛和张福才来了，一声不吭，这家伙还在生气呢！

张福才说明来意，小山马上说："喏，我把信封上的邮票剪下来，连同那张小纸片一起放在水里泡……"张福才立刻打断了他："能把纸片拿来让我看看吗？"

小山找到那张纸片，递给张福才。他看了看，把纸片放嘴里舔舔，还叫他俩也舔，呀，甜津津的！也不知他表哥用什么糨糊粘的邮票。

停了一会，张福才问小山："你把邮票晾在窗台上，离开了多久？"

小山说："大概半个多钟头。"

张福才眨眨眼说："那好，我们马上也离开这里半个钟头。"他把那张甜纸片放在窗台上，三个人便走到另外一个房间。半个钟头以后，张福才跑到窗口一看，大声说："快看呀，小偷在这儿呢。"

毛毛和小山跑去一看，只见一群蚂蚁，抬着那张甜纸片，在慢慢地往窗外移动呢。

张福才说:"小山表哥用麦牙糖粘的邮票……"

小山不好意思地看看毛毛，脸一下子红了。后来，他在墙缝中找到了那枚失落的邮票。

蚁属膜翅目，又称蚂蚁。蚂蚁除少数是寄生性生活外，都是社群性生活，一般有 3 个品级，即雄蚁和可育雌蚁，工蚁，兵蚁。雄蚁和雌蚁均有翅，交配后雌蚁的翅自行脱落，开始营巢，以后专司繁殖后代而不外出，称为蚁后。工蚁和兵蚁均系无翅不育雌蚁。工蚁一般建巢、外出采食并饲育幼蚁和雌蚁等职。兵蚁头部发达且具特大的上颚，司御敌保卫之职。

山上的鬼叫声

　　离村子不远处有座白云山。有天晚上,全村人都听到山上传来一种怪声,"呜啊—呜",像吃奶的婴儿在啼哭,声音很低沉,听起来好凄惨。一连几个晚上都听得见。白天几个胆大的小伙子上山去逮,什么也没见到。村里人都说山上闹鬼,再也没人敢上山去砍柴了。惟有李大龙直摇头,不信山里有什么鬼。

　　这天,李大龙悄声对小军军说:"走,跟我逮鬼去。"他说他要用药把鬼毒死。一种好奇心驱使军军跟着他去了。李大龙把几条死水蛇,搽上毒药当"诱饵",丢在山上。

　　就在这天晚上,山上的鬼又呜呜地哭了。

　　天一亮,李大龙就拉军军上山去,他们发现昨天丢的蛇的脑袋被什么吃掉了,搽过毒药的地方一点也没动。李大龙用手直搔头皮,沉思了一会,他咚咚地跑回家拿了几只鸡蛋,对军军说,毒药搽在蛇上,鬼能闻得出,放进鸡蛋里,准行。还说这种药叫"三步倒"。军军接过来一闻,真香,哪能感觉到有毒呢。李大龙把这个鸡蛋放在林子里。

　　晚上,军军又听见鬼大叫,但这次叫的时间特别短,李大龙的眼睛像星星似的扑闪了一下,高兴地说:"哈,鬼被我们捉到了。"

　　第二天一大早,军军跟着李大龙直往山上跑,他们发现林子里的鸡蛋无影无踪而草丛中有只野狗死在那儿。李大龙用脚把死狗翻个身,说:"这不是狗,是豺。你看,耳朵又圆又短,尾巴特别尖,前脚长后腿短,这家伙比狼还凶呢。"军军问:"晚上哭的'鬼'就是它吗?"李大龙点点头,若有所思地说:"豺喜欢群居。喏,你看它腿上有几个小洞,肯定是被火枪打的,它离群,所以天天在山上呼唤同伴!"军军半信半疑,李大龙说:"不信,你晚上听好了!"

果然不假,自从这天晚上起,白云山上再也听不到鬼哭声了。

动物小知识

　豺,食肉目犬科豺属的一种。又名豺狗,全身赤棕色,亦称红狼。体型比狼小而大于赤狐;尾毛长又密,呈棕黑色,类似狐尾。豺是群居动物,行动快速而诡秘。稍有异常情况立即逃避。豺以群体围捕的方式猎食。

红蝙蝠谜案

印度塔尔沙漠上有一座古堡。在堡门前有一条告示:过往人畜切莫在此留宿!因为凡是夜间在此地住宿的都丧生在石堡之下,死者身上找不到任何伤痕。印度警方束手无策,向全世界发出悬赏布告:"凡破古堡谜案者,奖金一万卢比!"英国乞丐模样的老人汤恩愿侦破此案。

一个月明星稀的夜晚,汤恩带着一只铁箱和一张渔网,牵着一只猴子走进古堡。他迅速从身上取出一只药瓶,在猴子头上涂上药水,然后将猴子赶进那张准备好的渔网里,自己藏在铁箱里,手牢牢抓住网绳,并从箱缝里窥视外面的动静。不一会,一团黑影从古堡顶部飞下来,向网里的猴子猛扑过去。猴子只觉得被什么东西在头部猛扎了一下,剧痛难忍,发出一阵惨叫。汤恩一听到惨叫,他飞快地收紧网绳,那黑影被罩在网中,扑腾几下不动了。

近百年的谜案被揭开了,原来是一只奇特的红蝙蝠,它有一对大翅膀,吓人的喙好似一根长钢针。此刻,它被涂在猴头上的药搅昏了神经,一动不动地趴在那里。汤恩原是生物学教授,他告诉大家:红蝙蝠是古堡凶手,凶器是钢针一样的嘴,刺入人或兽的头部吸吮脑汁,放出毒液,致人于死命,所以死者身上找不出伤痕。古堡谜案终于真相大白了。

　　蝙蝠属于翼手目蝙蝠科。多数群居,种类很多,狐蝠是最大的蝙蝠,竹蝠最小。有迁徙和冬眠的习惯。大多数的蝙蝠对人类无害,不过吸血蝙蝠喜欢吸食血液,会伤害人畜。蝙蝠既不是鸟类,也不是昆虫,而是一种能飞行的哺乳动物。最大的特征是具有飞膜。头形看起来像狗或熊,有一对大耳朵。身上长有毛,柔软如丝。

 # 飞鱼破案

1921年5月2日，美国新奥尔良的一位百万富翁被人在海上谋杀了。经过尸检，警察发现他的胸口中了两枪，据推测凶手应该是在离他1米左右的近处开枪的。警长认为只有与富翁关系亲近的人才有可能在这么近的距离开枪杀死富翁。

警长格拉茨认为，凶手一定是能在富翁死后获利，很可能是他遗产的唯一合法继承人——侄子戴维。但是，警察在询问戴维的时候，他却说出事时他正乘着另一艘游艇在几个码头检查装货情况，根本没有出海。

为了寻找线索，格拉茨跟着戴维上了他所说的那艘游艇。然而，找了一会儿警长也没有发现有什么可疑的地方，正当在他准备下令撤退时，却意外地发现戴维试图用脚踢掉什么，赶上去一看，原来是一条蓝黄相间的飞鱼。格拉茨立即给戴维戴上了手铐："你我都明白，这种飞鱼只是墨西哥湾里才有，看它的状况及鱼的新鲜程度来讲，它飞上游艇顶多四小时，正好证明你就在那段时间里，到海上谋杀了自己叔父！"

惊奇一生的破案故事

动物小知识

惊奇一生的破案故事

　　飞鱼是个大家族,系鳐目飞鱼科统称。飞鱼的长相很奇特,身体似圆筒形,它们有非常发达的胸鳍,腹鳍也比较大,飞鱼的"飞行"其实只是一种滑翔而已。飞鱼实际上是利用它的尾巴猛拨海水起飞的,而不是像过去人们所想象的那样,认为是靠振动它那长而宽大的胸鳍来飞行。

48

偷项链的贼

印度有个商人，买卖很是兴隆。这天，他花大价钱在珠宝店买了一串钻石项链。回到家里锁上房间，独自欣赏起这串漂亮的项链来。这时，电话铃响了，他放下项链，转身到房间的套间里去接电话，可等他接完电话再回来，那串项链不见了！

他马上打电话报案。不久，警察带着警犬赶来了。他们仔细检查了房间的每个地方，没有发现任何可疑情况。最后，一位细心的警察在桌子上发现了一星点黑色的东西。他们带回去化验，认定是印度乌鸦的羽绒。

第二天，警察又来商人家，在桌子上放上了好多贝壳、纽扣这类小玩意儿，他们悄悄躲在门后观察。等了好久好久，一只乌鸦从窗口飞了进来，它落在桌子上，叼起一只漂亮的贝壳刚要飞走，"唰"的一声，一张网撒过来，把它罩住了。

警察把一只微型信号器系在乌鸦腿上，便把它放了。警察驾着车，打开信号接收器，根据信号器发来的信号跟踪追去，终于找到了乌鸦的窝。爬上树一看，嘿，窝里有不少贝壳、纽扣、玻璃瓶，那串钻石项链也在，这只印度乌鸦是小偷呀！

原来，乌鸦有收集各种小东西的习惯。印度乌鸦胆子更大，常飞

49

到人家里,叼走它喜欢的小玩意。在东南地区,人家都提防印度乌鸦来偷小东西呢!

乌鸦属燕雀目鸦科乌鸦亚科,是群居性的鸟,经常三五成群一起活动。它们对气候、地形及食物的适应力都很强。除了南北极,南美南部各处都有乌鸦分布。它们的食物除了果、菜、小动物之外,还包括了人类的残羹剩饭,以及动物腐尸,有自然界的清道夫之称!

消息别忙泄露

1939 年 3 月 5 日,瑞士布里克城的葡萄酒商人比罗向警方报告说,他的妻子辛娜失踪了,辛娜的爱犬勃克也不见了。

警察四处寻找,终于在阿尔卑斯山下找到哈巴狗勃克,它中了两枪,但还没有停止呼吸。不过,辛娜却一点线索也没有。警长莫尔塔要求大家别泄露找到勃克的消息,同时,请瑞士最好的兽医前来抢救。一个月后,勃克恢复健康了,警长莫尔塔带着它出现在酒商面前。这时,温顺的哈巴狗猛地向他扑去,就像见了仇人一样。当比罗将自己关到厨房里以后,哈巴狗勃克又对着客厅的新壁炉叫个不停。警察们凿开水泥,发现了辛娜的尸体。原来,杀死辛娜和暗杀小狗的是酒商比罗。

51

哈巴狗又称"巴儿狗",原产于中国,400 多年前由荷兰海员传入欧洲。哈巴狗身材矮小,面、鼻扁平,眼大而突出,短颈,尾巴卷曲举起,毛色异常美丽,有银杏色、杏色、黑色和淡黄褐色。由于它性情温和,有感情,喜欢与人作伴,所以特别受到妇女的钟爱。

闪着寒光的戒指

唐朝有位大臣名叫狄仁杰。有一天狄仁杰发现松树上有只猴子竟戴着一只金戒指。他想，其中必有蹊跷。他立刻来到松树下，取下自己手上的戒指，玩耍似的向空中抛去，猴子果然也取下金戒指，模仿狄仁杰的玩法。当然，那只戒指很快掉了下来。

那枚戒指上染着陈旧的血迹，中间还刻着"黄德福"三个字。狄公又在松林里仔细寻找，终于发现乱草堆里有具被野狗啃咬过的尸体，死者的胸前还插着一把尖刀，身旁的钱袋里还有一枚刻着"黄德福"的图章。

果然，死者是位名叫黄德福的商人。凶手为何杀死他后，没有拿走钱袋和戒指，肯定不是为了谋财害命。

狄仁杰回到府中，细细查清黄德福的住处，带着差役找上门去。

屋里中有一女一男，女的正是黄德福的妻子，男的是松树林的地保。狄公追问黄德福的去处，黄妻说："他前天到杭州去了，要三个月才回来。"

地保也证明说黄德福刚出远门。

狄仁杰立刻叫公差将两人锁起来，拿出黄德福的戒指和钱袋说："黄德福早已变成一堆白骨，他死了足有三个月，怎么可能前天还在家里呢？看来,正是你们合谋害死了他!"

金戒指闪出一道寒光,吓得两个凶手浑身筛糠似的抖了起来。

　　猴类属于灵长目,大多数为杂食性。走路或奔跑时,通常是四肢并用,偶尔可用后肢站立或奔跑。尾巴很灵活,可以卷在树枝上,飞跃时还有平衡的作用。猴子的脑容量大,学习能力强,擅于模仿,因此常被训练来作表演。

53

御赐的鹤

从前,南昌有个花花公子,仗着自己是皇帝的亲戚,在地方上作威作福,经常牵着只脖子上拴着块"御赐"两字牌子的丹顶鹤,满街闲逛。

有一天,白鹤自个儿蹀出门来,被一条狗咬死了。这位公子暴跳如雷:"我这白鹤是皇上赏的,脖子上挂着'御赐'金牌,谁家野狗这样无礼,竟敢欺君犯上。"当即命令家奴把狗的主人捆起来,送交南昌知府治罪,要给他的白鹤抵命。

这位知府对这花花公子的胡作非为很不满。听说他的管家前来转达"旨意",又气又好笑,对管家说:"你写个诉状来,本府自当审理。"这管家耐着性子递上了诉状。

知府接过诉状看过,从签筒中拔出令签,命令衙役捉拿凶犯到案。管家忙说:"不劳贵差,人已抓到堂下。"知府故作惊讶,说:"这诉状上明明写着肇事凶犯乃是一只狗。本府今日要大堂审狗,抓人来干什么?"管家气急败坏地说:"那狗不通人言,岂能大堂审问?"知府道:"贵管家不必生气,本府自有主张。我想,只要把贵府诉状放在它面前,它看后低头认罪,也就可以定案了。"管家大叫道:"你这昏官,走遍天下可有一条狗是认识字的吗?"

知府神情严肃地说:"既然狗不识字,那金牌上的"御赐"二字它岂能认得？既然它不认识鹤脖子上的"御赐"金牌，这欺君犯上的罪名又从何说起？狗本不通情理，咬死白鹤乃是禽兽之争，凭什么要处治无辜百姓？"几句话把这管家问得哑口无言。

动物小知识

　　鹤属鹤形目鹤科。除了南极、大洋洲和南美洲外，都有鹤的足迹。它们严守一夫一妻制，终生相守。通常生活在浅水滩、湿地上，尖长的嘴巴便于啄食小鱼或昆虫。鹤是早熟性的鸟，破壳而出便能行走。鹤颈长、脚高、尾巴短、翅膀宽。羽毛多为白、灰和棕色，有些头顶是红色或白色，外形优雅高贵。

55

凶　鹰

　　林则徐被流放到新疆伊犁时,有一次,一位官员向他讨教一件疑案:有个贩卖古董的商人被杀死在旅途中,除了身上几处致命的刀伤外,他的双眼也被什么奇怪的凶器弄瞎,伤口呈放射形,一下子使他失去了抵抗能力。

　　林则徐沉思了很久,最后说:"我来新疆不久,但多次在野外看见放鹰狩猎的人。这奇怪的伤口,很像是鹰爪抓出来的。你可察访谁家养了特别凶狠的鹰隼,再暗中搜查他的住所。"

　　那位官员立刻命令尽快调查谁家养能攻击人的鹰隼。结果,猎户们报告说,恶霸刘敖养着这样一只凶鹰。

　　在刘敖家,查出了被劫走的古董。

　　恶霸刘敖和那只凶鹰都被处死了。

 动物小知识

　　鹰属于鹫鹰目鹫鹰科,在外形及习性上都和鹫很相似。不过,鹰的体型较小,翅膀短而圆,动作敏捷,常栖息在森林中。当鹰要捕捉猎物时,会像侦察机般地在空中盘旋,张大锐

利的双眼搜寻,一有动静便快速地飞扑过去,伸出强健有力的爪子抓住猎物,然后用弯钩状的尖嘴撕裂它。由于鹰是猎捕小动物的高手,所以人们很早便饲养它们来猎取鸡、鸭、雁、兔等。

57

惊奇一生的破案故事

人鸟妖雾

　　清朝乾隆年间,山东出过一桩人鸟妖案。一户富家父子三人,两个儿子不是同母所生。一天,兄弟俩出门要债归来,经过一座石墓时,弟弟说要找个地方大便。哥哥在外等着。谁知,弟弟出来时灰布衣裤变成绿绸衣裤!哥哥回家后,十分惊恐地告诉父亲和邻居,大家认定他神志恍惚,都不相信。但是,半夜时分,只听见哥哥房里一声奇怪的鸟叫,接着,有只像猫头鹰样的大鸟突然飞出去。大家赶到哥哥房里,只见他破腹死在床上,身旁却没有多少血。箱子橱柜,贵重物品一件也没丢失,只是少了一条床单。村民们都说,哥哥一定是遇上了妖怪,那妖怪钻进他的心里,半夜破腹飞了出去。想起他白天就曾胡言乱语,谁会不相信这推断呢?

　　但是,新任县令潘中正却不相信。同父异母兄弟间很可能为争夺财产互相残杀,弟弟进出古墓的变化很可能是为夜里杀人作舆论准备。妖鸟破腹飞出,为什么要带走床单呢?难道为了说明妖怪杀人不见血,故意将染血的床单卷走吗?

　　潘县令越想越可疑,并决定将当地的几名巫婆神汉抓起来审问。结果,一名巫婆招认了。果真如潘县令推测的那样,弟弟曾去找巫婆想法咒死哥哥,巫婆就为他设计了这么个怪招。那天夜里,弟弟将哥哥杀死在床上,把染血的床单递给前来送猫头鹰的巫婆。猫头鹰被关在哥哥房里无处可逃,最后只能撞破纸飞了出去。

人鸟妖雾终于被心明眼亮的潘县令拨开了。

　　猫头鹰又叫作"枭",属于鸱鸮科。它们是肉食性的猛禽,尤其擅长捕食田鼠,对农家很有帮助。它们捕食的技术高超,眼睛结构特殊,猫头鹰的翅膀宽圆,很适合在森林里飞行,而不被树枝卡住。此外,羽翼的上面和边缘都长着轻软光滑的绒毛,能降低和空气的摩擦声,因此在寂静的夜里飞行,也是悄然无声,根本不会惊动猎物。

惊奇一生的破案故事

义鸟亭

　　清朝时，宜兴有个姓陆的读书人，非常喜爱飞禽。他家的院子很大，屋后花园广种树木。因此许许多多的雀儿，八哥、喜鹊、黄莺等等，纷纷飞来或上下翱翔，或止歇树上，毛羽缤纷，煞是好看。有些乡人邻居，见这园子里的鸟儿多，拿了弹弓箭矢，想弹射几只一饱口福，都被陆生好说歹说劝住了。每逢严冬雨雪，鸟儿难以觅到食物的时候，他总会取些米谷撒在空地上布施鸟儿，不致它们挨饿。如此不止一年，陆家一直好生兴旺发达。

　　这年，有个仇家，生造了一个伪证，诬陷陆生，说他串通叛逆，勾结强盗，想要造反。清朝政府最怕的就是汉人造反，官府一见状子，不辨真伪，先吩咐将陆生抓起来再说。于是，一群如狼似虎的公差赶上门来，一条铁索将陆生锁上公堂，硬要逼他承认是造反。

　　一天县官正在堂上吆喝着说要打陆生的屁股，蓦地喧噪震天，一大群鸟飞下来，公堂屋里屋外，厅屋的上上下下黑压压停了一地，叽叽喳喳叫个不停。县官见这许多鸟儿护着他，惊慌失措，深恐是老天派来的，赶紧将告状的那人提来讯问，诬告陆生的那家伙受不过拷打，只好从实招供，确是诬陷陆生。这样，陆生也就被宣告无罪释放。

　　陆生回到家里，很是感激这些鸟儿，就在毗陵这一地方建起了一座亭子,名字叫"义鸟亭"。

动物小知识

　　黄莺又叫黄鹂,属于燕雀目黄鹂科,主要分布在亚热带林内。黄莺通常单独行动,喜欢生活在接近村落或平地的树林里,每到 5、6 月,它们会用虫所吐的丝,将竹叶或细茎缠绕缚牢,在树上筑巢,准备繁殖。黄莺是一种色彩鲜艳、叫声清脆悦耳的鸟儿,常被人们饲养在笼里观赏逗玩。

61

被冤枉的女人

清朝康熙年间,河南郑州出了件怪案:一对夫妻恩恩爱爱,妻子回娘家住了三个月,回来后给丈夫煮了碗点心,却将丈夫毒死了。妻子哭哭啼啼,死活不承认有意将丈夫毒死,查办的人也弄不清使用的是什么毒药。

这件案子一直闹到河南巡抚蔡祥伦那里。他亲自来到那户人家,并将关在牢里的那位妇女也带来,问:"点心烧好后,是马上吃下的,还是放在外面让它凉着的?"

"夏天吃不得烫的,我把碗放在灶边上凉着。"

蔡巡抚指着灶壁和墙角说:"看,这间屋里有这么多蜥蜴!夏天是蜥蜴交配期,古人就知道蜥蜴交配的排泄物有剧毒。这里留下几个人,一定要弄到这种排泄物做试验!"

两天后,蜥蜴交配的排泄物采集到了,让它们混在食物里,喂狗狗死,喂猪猪死,中毒症状和那家的男子一模一样。

蔡巡抚补偿给了那个妇女 50 两银子,将她释放回家。

动物小知识

　　蜥蜴是属于蜥蜴亚目的爬虫类,全身被有角质状鳞片。大部分有四肢,少部分卵胎生。求偶方式很粗鲁,雄蜥蜴在追逐到雌蜥蜴后,就开始交配。蜥蜴主要以昆虫及小动物为食,大都在白天活动,常需靠晒太阳来调节体温,只要在气候温和的地方都能发现它们。它在受到攻击时会装死、变形、变色、或自动断落尾巴来自卫,可是危险过去后,它又回复原来的模样。

狗救牛友

清朝嘉庆年间，南汇的湖边住着一户农民，家里养着一头黄牛和一条狗。这狗与牛感情很好，它们同住在牛栏里，牛干活去了，狗也总跟在它的身后，一直要等到牛干完活回家了，它才跟着回来。

有一次，有一个盗牛贼来偷牛。他见主人早早睡了，就蹑手蹑脚地进了牛栏，刚要解牛绳，这狗蓦地叫了起来，他连忙躲到屋后去了。狗知道这贼还在，想叫起主人来赶贼，就跑到门口"汪汪"大叫，还用前爪抓门。主人被它惊醒，披了衣服，趿拉鞋，点了一个火把出来。他走到牛栏里，见牛好好儿的，又去照了照柴间，不见有什么异状，就骂狗道："你这只瘟狗，深更半夜的，叫什么？再叫，当心我揍你！"说着，就踢了狗一脚，自己进屋睡觉去了。这贼见主人不相信，心中暗喜，就捡了一根木棒在手，又去解牛绳。狗又吠叫起来，可是主人再不理它。它扑上去咬贼，贼就用木棒打它。于是，这头牛就这样被贼偷走了。

第二天，主人出来不见了牛，大吃一惊，再寻狗，狗也不见了。正着急时，只见狗匆匆跑来，朝他汪汪大叫并拖他的衣襟。主人心知蹊跷，就跟着狗走。走啊走啊，一直来到了大团镇。这贼正牵了这头牛，想赶早市卖个现钱，就被牛主人一把抓住了。

原来当他偷牛时,这狗就偷偷跟在后面,所以知道牛在什么地方。

动物小知识

　　狗喜欢与人在一起,这不仅是由于人能照顾它,给它吃住。更主要原因是狗跟人为伴,建立了感情。狗对自己的主人有强烈的保护心。有的狗从水中、失火的房子里或车子下救出孩子。狗还会帮助它受难或受伤的狗友同伴。狗具有领地习性,就是自己占有一定范围,并加以保护,不让其他动物侵入。

65

惊奇一生的破案故事

骡子闯堂

　　从前,有个叫陈松的,在河南当县令。这天,县衙得到报案,说城外发现一个男尸。陈松当天前往检验,见死者大约三十来岁,戴一顶皮帽,身穿蓝布衣裤,腿缠白布,像是从远道而来的。脸上有刀斧伤痕,全身被木器打伤数处。身上分文全无,看样子是被盗而杀。现场上有两处新鲜骡粪,死者裤上有骑骡痕迹。

　　一般验尸完毕,尸体立即入殓,可这次陈松却命人把尸体带回衙门,放在大堂上。众人都感到奇怪。

　　第二天,一头骡子来到衙门前乱叫,头一低一昂好像有话讲。陈松听到禀报,立即命人放骡子上堂。骡子上堂后,立即跑死尸跟前又舔又叫,一付亲热劲。一会儿,衙役又带进一个人来,说是骡的主人,来认骡回家的。但骡见了那人立即竖起耳朵,又踢又咬,愤怒地叫个不停。

　　陈松看此情形,心中明白,就问:"此骡是你的吗?"那人答道:"是小人的。"陈松大喝一声说:"给我拿下,杀人夺财的凶手就是他!"那人一听,脸色大变。陈松看了,心中更清楚了,说道:"冤有头,债有主,死鬼不能饶你,牲畜也不会饶你,你还不从实招来!"那人看抵赖不过,只得交代了杀人罪行。

动物小知识

　　骡子是马和驴的"混血儿",是母马和驴交配所生的小驹骡子没有繁殖后代的能力,但生命力和抗病力强,体质结实,肢蹄强健,易于驾驭。骡与马比较,头稍长而窄,耳长颈短,鬣毛稀短,前胸窄,鬐甲低,腰部坚实有力,尾毛上部短,被毛多骝、栗、黑色。它们的大小取决于双亲的体尺,但受母体影响较大。

67

惊奇一生的破案故事

羊血疑案

惊奇一生的破案故事

1992 年 12 月初的某天上午,湖北某派出所接到报案:当地一村近期连续被盗七八只山羊,群众反映村民黄某家门前有大量羊血,有盗窃嫌疑。

派出所所长立即带领干警驱车赶赴现场。经过仔细勘案,发现黄某门前的血迹已被进行了清扫伪装。这是羊血吗?干警们设法在黄某家搜索,顺着血印发现地上、床下、睡席等处有大量血迹,并有用水冲洗过的痕迹。

经进一步了解得知,11 月 27 日下午,黄某家来的两名贩卖山羊的生意人去向不明。紧接着,干警在黄某屋后竹林里发现一双沾有泥巴和血迹的解放鞋。据当地群众反映,天旱这么久,只有 5 组山脚下有个流水隧洞通往天坑,那里面有水,有稀泥。3 名干警来到隧道口,果然有血迹存在,他们拿着手电筒,顺着隧洞进入 30 多米的深谙处,发现两具死尸。

情况趋于明朗,然而死者身份不明,杀人嫌疑犯黄某已逃之夭夭。3 名干警立即分头打听黄某的行踪,紧急追捕。当所长听说黄某在另一个乡亲戚殷某家时,便驱车 100 多里找到殷某。殷反映,11 月 30 日上午黄到他家,2 小时后又离开了。

山大人稀,山高路陡,罪犯逃往哪里去了呢?追捕小组正失望的时候,又了解到黄可能去了另一个镇,3名干警顾不上休息,赶往那个镇,天已经黑了,他们又继续赶路,翻越12座山梁,将潜伏在该镇的黄某捕获。

经审讯,黄某交代,11月27日下午,本县青年吴某和县里驻汉办事处张某联系卖山羊生意,当晚在黄家赌博时,黄某发现他俩有大量现金,遂起了歹心。次日凌晨,他手提铡刀,将熟睡的吴某砍死,抢走了现金千余元,张某惊醒,黄某夺路而跳,黄追到门口,用刀猛砍,当场将张砍死。乘夜色的掩护,将尸首转移到隧洞里,然后潜逃。

他做梦也没想到,公安干警仅用15个小时,便将他捕获归案。

69

动物小知识

羊属于偶蹄目牛科,和牛一样,为草食性,胃也分为四室,有反刍作用。四肢也各有四趾,二趾着地,二趾为悬蹄。羊可分为山羊和绵羊两大类,有畜养的和野生的。山羊的下巴长有须。毛大多为直的,也有鬈曲的。角多为直形,向后弯曲,脚趾间没有蹄腺。绵羊的下巴没有须。毛长而鬈曲,有的有角,有的没角,角多为螺旋状,向外弯曲;脚趾间有蹄腺。

惊奇一生的破案故事

谁是凶手

惊奇一生的破案故事

这是发生在养兔场的一件怪事。

兔妈妈刚生下许多兔崽子，没几天，4 只小兔不知被什么咬死了，有的头被咬去半个，浑身都是血。看得出有两只想从笼缝里往外钻，没出得去，屁股被咬得稀烂。场长决心要把这个案子查个水落石出。

这天晚上，场长就住在兔棚里。他把兔笼挨个查看了一遍，只见小兔们都偎依着兔妈妈睡得正香，没什么动静。不料，他出去吸支烟的空儿，回来一看，只见一只小兔子被咬得血直淌，还在吱吱地惨叫，在一边的兔妈妈两眼瞪得滚圆。周围不可能有狐狸野狗之类的进来，看来作案的是兔妈妈。

场长想了一会，拿出一只棉花团，伸进笼里蘸了点兔妈妈的尿，搽在另一个笼子里的小兔身上，再把那只小兔放进那个笼子里，兔妈妈跳过来在小兔身上闻闻，没咬，还让小兔钻到肚皮下吃奶呢！

这下场长明白了，原来，兔妈妈根本就认不出自己的孩子，只能靠气味来辨别。凡没有它自己身上的气味，它就将它们吞食了。

70

动物小知识

兔子属于兔形目。有管状的大长耳,簇状短尾,比前肢长得多的强健后腿。它是杂食性的动物,喜欢干燥的环境,胆小容易受惊,最爱吃萝卜、青菜。

惊奇一生的破案故事

席筒里的贼

惊奇一生的破案故事

朱小虎有一只小松鼠,这天中午放学回家,他看到全家人都在发愣,原来他奶奶说早上出去买菜忘了关门,回来时发现毛衣、围巾还有3斤花生和小虎最喜爱的小松鼠都不翼而飞了。那可爱的小松鼠是爸爸的朋友送的,想不到被人偷走了,真倒霉。

小虎跑去求村里破案小专家王水生,让他想办法帮助找回小松鼠。王水生想了一会,说:"小松鼠跳来跳去,谁也捉不住它,我看,很可能是小松鼠自己干了坏事,然后躲起来了。"

简直开玩笑,小松鼠怎么会干坏事呢!王水生见朱小虎不信,又神秘地说:"哼,到时你看着吧,小松鼠说不定就在你家附近,准能找到!"

朱小虎听了,半信半疑,带着王水生,回家东翻西找,最后发现墙壁上有条老长的竹席子,王水生歪头看了半天说:"可能在这里面。你瞧,这席子卷得不紧,里面是空的,多像一棵树。"他说着扛起席子,走到晒谷场上,轻轻地放下。朱小虎跑到一头,趴在地上往里看,王水生在另一头瞅。里面黑乎乎的,中间像被什么东西堵住了似的。王水生迅速脱下裤子,把裤管打了个结,套在席子的一端。朱小虎恍然大悟,这不是成了一只布袋子吗!他按王水生的吩咐,拿了根长竹竿捅,不

72

一会,王水生把裤腰一捏,高兴地喊:"捉住了! 捉住了!"

两人再打开席子一看,毛衣、围巾都在里面,还有不少花生呢。被装进袋子里的小松鼠惊恐得直跳,不知发生了什么事。

朱小虎问王水生松鼠怎么会是小偷呢? 王水生说:"这些碎布片是小松鼠早就拖进去的,它准备在里面过冬哪!"朱小虎问:"我怎么不知道?"王水生说:"只不过你没注意罢了!"这句话使朱小虎信服了。

动物小知识

　　松鼠属于啮齿目松鼠科。有长而多毛的尾巴,蓬散地翘在身后,眼睛又大又亮,耳朵圆形,能在树上十分灵活地跳跃,一溜烟便不见踪影。松鼠以果实、谷物、嫩芽,甚至树皮为食。在森林,常可发现它在树上跳上跳下地摘果实,用两只前脚捧着食物,一口一口吃着。在秋天,嘴里更是经常塞满食物,鼓着双颊,其实这是在搬运食物,集中储藏,准备过冬。

73

长颈鹿的叫声

哈克斯是美国尼米尔镇的刑警。这天,他奉命驾车送一名犯人到费城去,返回尼米尔镇时,天已全黑了。他加大油门,在公路上疾驶。忽然,他发现前面有个男子正慌忙地穿越公路,他猛地刹住车。哈克斯跳下车,关切地问道:"您没事吧?"

那人大口地喘着气说:"我倒没事,可是那边有个人倒在动物园里,他恐怕死了,我正急着要去报案。"

哈克斯立即亮出警牌,说:"我是刑警哈克斯,正巧路过这里。请问你叫什么名字?"

男子答道:"查理·泰勒。"

哈克斯说:"好,查理,你领我去看看尸体。"

在距公路约 200 米处,一个身穿门卫制服的男子,倒在血泊中。哈克斯仔细验看了一下说:"他背后中弹,刚死不久。你认识他吗?"

查理说:"我不认识。"

哈克斯说:"请你讲讲刚才看到的情况吧。"

查理说:"几分钟前,我在路边散步,一辆小货车从我身边擦过,那车开得很慢。后来,我看到那车子的尾灯亮了,接着听到一声长颈鹿的叫声。我往鹿圈里一望,只见一只长颈鹿在圈里狂奔,然后突然倒下。我奔过去想看个究竟，结果被这个人绊了一跤。"

哈克斯和查理翻过栅栏，跪在受伤的鹿前仔细察看，发现子弹打伤了它的颈部。

查理说："我想可能是这样，凶手第一枪没打中这个人，却打伤了长颈鹿，他又开了一枪，才打死了这个人。

哈克斯说："正是这样，不过有件事你没讲实话，你并不是跑去报警，而是想逃跑，我不得不拘留你！"说着，他拿出手铐，将查理铐起来，押上警车。

回到警察局，经审问，又立即派人去勘查，证明门卫是查理所杀，查理也供认不讳。当新闻记者来采访时，有人问哈克斯："当时你怎么知道查理就是凶手呢？

哈克斯说："他说他听到了长颈鹿的叫声，其实，所有的长颈鹿都是哑巴，它们根本不会叫。如果他不是凶手，就用不着在我面前编造假话，所以他就是凶手。"

动物小知识

　　长颈鹿属于偶蹄目长颈鹿科，多生活在非洲的干燥草原上，喜欢成群生活，常和斑马、羚羊在一起。长颈鹿是体型最高的动物。颈子很长，但是颈椎的数目并不是很多，和人类一样，也是七节，只是每节的长度长多了。从颈子的背侧到肩部长有鬃毛。头上大都有两只角，和牛羊的角不同，外面有皮肤和毛。身上有一块块的花斑。四肢是二趾着地，二趾为悬蹄。长颈鹿视觉很敏锐，看到敌人接近时，能立刻快速逃跑。

75

惊奇一生的破案故事

伪造的伤口

1931 年 5 月 2 日印度海得拉巴市的一位富翁的妻子向警方报告，她的丈夫喝醉了酒后遇到一条眼镜蛇，被蛇咬后没人发现，现在已经死去了。

警长贾尔索发现，那位富翁倒在花园里，浑身酒气，脚背上有个典型的蛇咬伤口，十分对称。经法医检验，富翁确系蛇毒发作而死。

贾尔索在调查中发现，富翁的这位新妻子曾经当过护士，就特别要求法医说："仔细分析两颗毒牙的蛇毒分泌量！"

结果，法医报告说："只在一个像蛇牙的伤口里发现眼镜蛇毒，另一个对称的伤口中没有毒液。"

贾尔索立刻逮捕了那位夫人，他说："你趁丈夫醉酒，给他注射了致命的眼镜蛇蛇毒，但是，你忘了蛇咬人时，两只空心毒牙都会注射出毒液！"

那个女人反驳说："难道蛇不患牙病吗？"

贾尔索警长斩钉截铁地回答道："的确，蛇也会患牙病，但那时，它是绝对不咬人的！"

很快，警察们搜出了注射过蛇毒的针筒和伪造蛇咬伤口的手术用具。

动物小知识

　　眼镜蛇,因为它膨胀颈部后呈现出像人戴的眼镜一样的花纹,所以叫眼镜蛇。眼镜蛇生活在平原、丘陵、山地的各种环境中。独居,昼夜均有活动。性凶猛,遇异常被激怒时,昂起身体前部,并膨大颈部,此时背部的眼镜圈纹愈加明显,发出"呼呼"声,借以恐吓敌人。以鱼、蛙、鼠、鸟及鸟卵等为食。

77

惊奇一生的破案故事

惊奇一生的破案故事

鲨鱼破案

1935 年,在大洋洲一家水族馆里展出了一条大鲨鱼。正当游客们评头论足,并在这虎鲨前边流连忘返的时候,突然从这条大鲨鱼的口中吐出一条囫囵个儿的人胳膊来,这下可把近在咫尺的游人吓坏了。

这件事很快被警方知道了,他们来到水族馆。把大虎鲨口中吐出来的这条人胳膊送到法医那儿去作了化验。化验结果表明,这条胳膊不是大虎鲨从人身上咬下来的。

警方立即联想到了两个星期前发生的一起重大盗窃案。通过这条大虎鲨吐出来的胳膊,顺藤摸瓜,一下捕获了所有的案犯。经分析大鲨鱼吐出来的胳膊带着很明显的特征,是只经过拳击训练的人才会有那样的胳膊。这大大缩小了侦破的范围,警方自然就很容易破案了。

后来经罪犯交代证实:这位业余拳击师在作案时有被引起嫌疑的可能,所以,他们决定杀人灭口。拳击师被杀后又被大卸八块,装进一个木箱沉入海底。因为箱子太小还有一只胳膊装不下,就单独扔进了大海。哪料到这只胳膊偏偏被大虎鲨吞进了肚里,这条大虎鲨偏偏又被渔民捕上了岸,在大庭广众之下,把吞下的人胳膊吐了出来。

动物小知识

　　鲨鱼属于软骨鱼纲鲛目,喜欢生活在热带和暖温带的海洋中。有灵敏的嗅觉,用来觅食和求偶。生殖方式则是卵生、卵胎生都有,其中以卵胎生最为普遍。鲨鱼的种类多达200多种,有的性情凶猛,会袭击游泳的人们,如虎鲨、大白鲨等;有的却温驯,如象鲨、鲸鲨等。

惊奇一生的破案故事

大象擒匪

桑特没有父母兄弟,也没有妻子儿女。他爸爸只遗留给他一小片森林,还有一只大象。大象拉贾一天到晚陪伴着他,他们相依为命。每天桑特砍一根大树,再锯成段,然后由拉贾运到两里路外的市场卖给运木材的商人。

一个春天的下午,桑特和拉贾早早地卖完木材,便在住所附近的河里洗澡。桑特给拉贾擦洗身子,拉贾把水喷在桑特身上,主仆俩尽情地嬉闹着。一会儿他们上了岸,桑特解下脖子上名贵的金项链,套在拉贾的鼻子上,拉贾便欢快地跳起了舞。桑特简直被拉贾优美的舞姿迷住了,直到拉贾把项链挂在他的耳朵上,他才醒悟过来。

拉贾又去洗澡了。桑特便独自一个躺在草坪上凝视着墨绿的森林。就在这时,两个商人模样的人朝桑特走来。桑特正要迎上去,突然,两人猛扑上来,把桑特打昏在地。他们抢走了桑特的金项链,夺走了金戒指,然后又洗劫了他的住所。

等拉贾赶到,匪徒已逃之夭夭了。桑特醒过来,非常伤心地痛哭起来。那两样东西可是桑特十几年来的积蓄啊!越想越伤心,又哭得昏厥过去。拉贾也被感动了,巨大的眼眶里溢出了泪珠。后来拉贾把桑特背到了医院,桑特一直在医院里住了6个月,总算痊愈了。

三年过去了,桑特已努力忘记过去的那一段使他痛苦欲绝的往事。每天只和拉贾起早摸黑地干活。

一个炎热的下午,桑特同拉贾在河里洗澡,又回到了那年出事的草坪上的树荫下休息。这时从小路上走来两个人,光着上身,一个脖子上挂着一串闪闪发光的金项链,一个手指上戴着名贵的金戒指。两人见桑特和拉贾在树底上,也凑过去了。就在这时,大象拉贾大吼一声,冲过去,用壮实的大蹄,有力的鼻子,将两个人撞倒,然后用鼻子卷住他们。桑特一看两人正是三年前抢走他项链、戒指的匪徒,飞奔着去叫警察了。

作恶多端的匪徒终于落入法网。桑特激动地抱着和他共患难的老朋友的鼻子,一句话也说不出来。

原来拉贾就是看到了其中一个匪徒脖子上戴着三年前桑特常给它戴过的金项链。

象属于长鼻目象科。主要有非洲象和亚洲象两种,非洲象产于非洲,脾气较粗暴,不易驯服,背部下凹,耳朵和象牙特别大,雌雄都有突出的象牙。亚洲象又称印度象,产于亚洲,性情较温驯,背部较平,耳朵和象牙较小,但通常只有雄的象牙突出。象是目前陆生动物中体型最大的,皮又粗又厚,有一条很长的鼻子,两扇大耳朵,四肢像圆柱子一样,露出的两根大象牙特别引人注目。

81

惊奇一生的破案故事

鹦鹉被谁杀死

1971 年 5 月 11 日，哥伦比亚波哥大市一位富翁的管家找到名探查富顿，请他帮助弄清客厅里的一只大鹦鹉是被谁杀死的。

查富顿发现，这只大鹦鹉不是被猫或其他动物咬死的，而是被人一下子扭断了脖子。这只鹦鹉的嘴巴很厉害，见生人靠近就啄，因此，扭断它脖子的一定是跟它十分亲密的人，最可能的就是富翁本人。

查富顿推断，一定是大鹦鹉学会了富翁与他客人的谈话，富翁怕泄露机密，才把它杀死的。查富顿立刻要求批准监听富翁家的电话。很快，富翁参与盗卖大量钻石的电话被监听到了，他在电话中还告诉对方说，那只大鹦鹉弄乖学舌，已被他亲手处理掉了。

82

动物小知识

鹦鹉属于鹦鹉目鹦鹉科，盛产于澳洲、中南美洲。鹦鹉经过训练后，可以做出点头、鞠躬、骑单轮车等动作。是一种很得宠的鸟儿，它的羽毛鲜丽夺目，很聪明，会学人说话。厚而多肉的舌头、发达的舌根，加上气管下方的三对鸣肌，构成鹦鹉灵活的发声器官，所以它擅长模仿人类及其他鸟类的声音。

驯狮员之死

1975 年 5 月 7 日,尼泊尔加德满都的一个马戏团里,驯狮员鲁米科特被马戏团里的狮子敲碎了后脑勺,驯狮员的妻子帕坦惊叫着昏了过去。

人们闻讯赶来,用枪打死了狮子,立即报了案。

警长甘秀吉小时候也在马戏团工作过,他想,狮子发怒,一般都是张口咬人,这头狮子怎么会与众不同呢?

难道它非要留下一个确凿的狮爪印吗?

想到这里,他就吩咐赶到现场的警察们说:"你们要特别注意寻找一根硬木棍,它的一头可能雕刻成狮爪的形状。"

结果,警察们在布景师的屋里找到了那根一头是狮爪形的硬木棍,上面还带着驯狮员的鲜血和脑浆。经审讯,布景师供认了他和驯狮员的妻子合谋,用这根特制的棍子打死了驯狮员。

动物小知识

狮子是属于猫科的哺乳动物,是猫科动物中最合群的,每一群中有 1～3 只雄狮,数只母狮,其余为幼狮。 同一群狮子经常生活在一起,在大草原中占有一定的地盘,以尿液以及吼声来确定势力范围。小雄狮长到二三岁时,会被父亲逐出群体。离群的小狮开始过流浪的生活,完全成长后,会向另一群体雄狮挑战,战胜就可争得该群体。

惊奇一生的破案故事

蜜蜂侦察机

　　和缅甸接壤的地方,不法分子与境外勾结,大肆进行贩毒犯罪活动。卫星拍摄的资料片也显示出我国某边境山区开始秘密种植罂粟。

　　雨哗哗地下,边防连长张原乘着一辆带"GA"标记的吉普车,去侦查秘密种植罂粟的地点。现在正是罂粟开花的季节,必须在花季铲除所有秘密种植的罂粟。

　　在这茫茫无边的深山密林中,要找到所有秘密种植的罂粟,可真不容易! 要是在全县山林中普查一遍,动员全局的力量,花两个月的时间也难办到,可是到那个时候,罂粟连种子都叫人家收回去了。

　　张原是个机灵的人,他想到,是不是在花上做点文章。第二天一早,他就和队里的几个人装扮成养蜂的,分头置蜂箱,让蜜蜂像无数的侦察机,飞向无边无际的深山密林。

　　张原他们养蜂和别人不一样,只要花粉,不要蜂蜜,蜂箱和别人的也不一样,在蜂箱的入口处安装一个软质的花粉收集器,就像在门口放置擦鞋底的垫子一样,从深山密林回来的蜜蜂在软垫上"蹭脚"时,花粉就留在收集器里了。

　　张原他们每天对收集来的花粉及时进行分析,从花粉的成分,再根据蜜蜂飞行的距离、方向,很快确定哪些地种了,哪些地方没有种罂粟,种在什么地方。

　　只用三天时间,就侦破了所有秘蜜种植的罂粟。他们发动群众在一天之内就把所有不法分子秘密种值的罂粟铲除了。

　　在上级表彰他们时,他们要求给蜜蜂也记上一大功。

　　蜜蜂是昆虫纲膜翅目。成虫体被绒毛,足或腹部具由长毛组成的采集花粉器官。口器嚼吸式,是昆虫中独有的特征。蜜蜂在巢室内产卵,幼虫在巢室中生活,营造社会性生活的幼虫由工蜂喂食,一般雄性出现比雌性早,寿命短,不承担筑巢、贮存蜂粮和抚育后代的任务。雌蜂营巢、采集花粉和花蜜,并贮存于巢室内,寿命比雄性长。

惊奇一生的破案故事

谁害死了鸭子

1980年初夏,美国海岸蒙特雷的一家养鸭场一下子死掉6万只鸭子,鸭场老板西尼怀疑是要求增加工资的几位饲养员搞的阴谋,要法院给他们判刑。

警长果比纳拿了一些鸭饲料给自己家的鸡吃,却一点也没事。他就先释放了那几位饲养员。他想,为什么鸡吃了不中毒,而这里的鸭却一下子倒下去了呢?

他开车到邻县的鸭场,拿一只鸭子做试验,奇怪的是,那只鸭子吃后也安然无恙。

果比纳想,可能是饲料配方出了问题,那些鸭子由于某种物质过多造成积累中毒死的。

最后,法医分析出里面的生长促进剂比规定高出了20倍,是饲养公司的电脑操作员造成的事故。

鸭和雁同属雁鸭科,不过体型比雁小,有野鸭和家鸭之分。野鸭大都是候鸟;家鸭因为被人类驯养了很久,已经失去

了长途飞行的能力。鸭的脚较短,而且长得比较接近尾部,在地面行走,重心不稳,摇摇摆摆的,因此喜欢在水中嬉游。大部分的鸭都是杂食性的,以水中的小动植物为主食。

惊奇一生的破案故事

水下的拼搏

一个年轻猎人在捉水獭。他把一条凶恶的猎犬放进了水中,过了十几分钟,水面上涌出一摊血水,猎犬的头在水中探了出来,它头上被咬了个洞,费了很大劲才游回岸边。

又一条猎狗跳进了水里,可它再也没有浮上来。猎人急了,忙把最后那条猎犬也放进了水中。当最后那条猎犬从水下冒出来时,他吃了一惊!它口里衔着的不是水獭,而是一只血淋淋的已经死了的猎犬。年轻猎人束手无策,慌忙请来了位老猎人。

老猎人问清经过后,便把牵着的那条掉了毛的老狗放进了水中。这条猎犬并没有直接潜入水中,而是沿着岸边慢慢地摸索,看起来它似乎很害怕。约摸过了 10 分钟后,只听水下发出"咕咕"的响声,又是一团血水冒上来。可是,出人意料的是,老猎犬游回来了,虽然满头是血,可嘴里却咬着一只和它差不多个头的大水獭。

老猎人连忙示意年轻猎人把那条没死的猎犬放入水中。怪事出现了,两条猎犬竟没费吹灰之力,捉了 20 多只小獭。

老猎人笑眯眯地说出了秘密。原来,水獭洞口,有条最强壮的雄水獭把守着,一旦发现敌情,就毅然把敌人咬死。那些没经过训练的猎犬,总是伏着爬进洞口。这样,雄水獭以逸待劳,不需要几口,就把

89

想溜进洞的猎犬咬伤,甚至咬死。经过训练的猎狗就不同了,它们总是仰着身子向洞内爬。和雄水獭相遇时,便嘴对嘴地进行肉搏,当然,水獭毕竟不是猎犬的对手。

雄水獭一死,大势已去,其余的水獭便不再抵抗了。

动物小知识

　　水獭属于食肉目鼬科,很少离开水,经常睡在漂浮的大片海藻丛中,以贝类、海胆、章鱼、乌贼等为食,会用石头敲开贝壳,以取得食物。水獭全身长有非常浓密的毛,可以防水及御寒,头扁平而宽,嘴旁有许多粗的胡子,耳朵小小的,四肢短,前脚小,后脚大,有蹼。水獭的毛皮为深褐色,又厚又软,是贵重的皮货,因此成为猎人捕杀的对象。

惊奇一生的破案故事

毒蛛阵

　　1978 年 7 月 25 日,美国加利福尼亚著名警探简达决定身临虎穴,勇破毒蛛阵,取得罪证。

　　原来,他负责调查黑手党头子卡内奇的罪行。前后两次秘密派遣助手去卡内奇家中,希望在他的保险箱里获取有力的证据,但是,这两名助手后来都被发现死在铁轨下,身上都有几处可疑的出血伤口。

　　简达将出血伤口的部分渗出物送给研究部门鉴定,结论是两人都被可怕的毒蜘蛛螫死。

　　看来,卡内奇存放罪证的密室里,放上了毒蜘蛛,数量还不少,因为两人身上好些伤口。

　　怎样才能勇破毒蛛阵,取得罪证,为死去的助手和受黑手党迫害的人们报仇雪恨呢?

　　为此,名探简达飞往沙漠生物研究所,终于找到了对付毒蜘蛛的方法。

　　这一天深夜,简达又潜入黑手党头子卡内奇的秘室,他的裤袋里不住发出一阵阵嗡嗡嗡的叫声,像是那装了只密蜂箱。他小心地避过红外线锁屏,来到那只巨型保险箱前,聚精会神地细细测算,终于打开保险箱,拿到了记载着大量罪行的日记和毒品账册。他还看到随着一阵嗡嗡叫,三只毒蜘蛛滚了下来,跌在地上呜呼哀哉,地上还躺着另外七只。

当卡内奇在法庭上认罪时,他还是弄不懂简达怎么破了他认为万无一失的毒蜘蛛阵的。

名探简达拿出一只微型录相机,按下放音键,法庭里顿时一片嗡嗡声。他说:"毒蜘蛛也有天敌,蛛蜂嗡嗡一叫,它们就只会抽筋和休克了!"

动物小知识

　　蜘蛛属蛛形纲的一目。感觉器官有眼、各种感觉毛、缝感觉器和跗节器。蜘蛛主要捕食小昆虫。水边的盗蛛能捕食小鱼虾,捕鸟蛛能捕鸟,南美一种体长 7.5 厘米的蜘蛛甚至能捕食小响尾蛇。结网是许多种蜘蛛的一种本能。网有多种类型,结网方法也不尽相同。许多种蜘蛛,尤其是幼蛛,能利用丝飞航。

惊奇一生的破案故事

海豚阿回

红领巾号生物考察船的船舱里，于益教授坐在电视机前，给少年宫前来实习的海豚饲养员小军讲述海底的秘密。

"呜——"突然一声怪叫，电视里出现了一团混浊的泥浪，像翻滚的乌云，把荧光屏遮得忽明忽暗。

于教授从沙发上蹦起来，扑到电视机前进行紧张的调谐。

不一会儿，电视里意外地出现了一个令人惊心动魄的搏斗场面——

一个全副武装的潜水员，握着激光手枪，正在追赶一只庞大的海怪。潜水员背上的推进器，像风扇叶片似的急速旋转着。那流线型的潜水头盔，在水里不停地左右回顾，像一条凶猛的虎鲨。突然，那只被追赶急了的海怪，转过山羊似的小脑袋，咧开那张和脑袋显然不相称的大嘴，向潜水员猛扑过来。那凶相仿佛要把对方一口吞下似的。潜水员关闭了背上的推进器，划动着宽阔的脚蹼，机灵地闪开了。那海怪扑了个空，愤怒地吼叫一声，转过身子，第二次死命地向潜水员冲去。这时候，电视里出现了那怪物的整个形象：瘦小的脑袋，长得不相称的细长脖子连接在那具庞大的身躯上，圆墩墩的屁股后面，拖着一条和鳄鱼一样的粗大尾巴。它划动着四只样子像脚、但长着蹼的鳍，笨拙地向潜水员挑衅,并瞪大圆鼓鼓的眼睛,发出"呼噜呼噜"的惊叫声来威胁对方。说时迟,那时快,潜水员趁怪物还没完全转过身子的当口,端起激光手枪,正要瞄准,不料那海怪突然转回身子,扬起那条粗大的尾巴,向潜水员拦腰扫去……

"啊——"随着小军的一声惊呼,电视里又出现了一片模糊的泥浪……

潜水员和海怪一起失踪了。

"快,抢救潜水员要紧!"于教授大声命令,"快去准备'探索号'潜水器,把那只聪明的阿回也带去!"

"是!"小军倏地敬了个少先队礼。一转身,他那咚咚的脚步声,就在走廊上消失了。

大约两分钟后,于教授和小军就乘上了"探索号"潜水器,急速地向海底下沉了。潜水器的舱间不大,四壁嵌满了各种仪表和圆形窗。舱的后半间,是一堵透明的有机玻璃壁,里面灌满了水,一只结实的海豚,正静静地伏在那里。它那粗壮的尾巴,在悠闲地摆动着,仿佛在沉思,又好像一个正在待命冲锋的士兵。

于教授从简易写字台旁直起腰,递过一张字条:"小军,快去告诉阿回。"

小军接过字条,上面写着:

五号地区,一个潜水员,在和一只凶猛的海怪搏斗时失踪,望速寻找。

小军打开电子计算机,把字条上的字翻译成信号,然后又把记录有信号的纸带,放进一架特殊的仪器里,那仪器能把信号变成海豚的语言,告诉海豚。

几乎同时,有机玻璃后面的海豚点了点头,抖了抖背上的鳍,表示乐意的样子。那架仪器显示出了海豚愿意执行任务的讯号。

小军高兴地向于教授作了汇报。

"哈哈,这都是你平时驯养的结果。"于教授平静的脸上,闪过一丝笑容。

正说着,操纵台上的一只指示灯跳动了一下。于教授慢慢说:"我们现在已经进入海下 400 米的深水区了,这个深度,太阳光是照不到的。"

小军向窗外望去,四周果然一片漆黑,只有不远处,忽隐忽现地闪过几个萤火虫似的光点。小军关闭了舱内的灯光,打开电视机的旋钮。顿时,荧光屏上出现了一群闪着红、黄、蓝、绿光泽的小鱼。那些鱼的样子长得稀奇古怪:有的长着一团蓬乱的触须,像一个形象很丑陋的老头;有的鼓着圆滚滚的大肚子,活像只大皮球似的在水晶宫中翻滚……

于教授指着荧光屏说:"这些深海鱼,长期生活在黑暗的环境里,有的已经退化成盲鱼了。你看那长着胡须的鱼,它只能凭借那触须来寻找食物。你可别小看它的触须啊。"他理了理嘴唇上粗硬的胡子,继续说,"这些触须是很灵敏的,就连小动物呼吸时激起的微弱声浪,它都能辨别出来。"

舱里仍然是一片寂静。于教授又说:"也有一部分鱼,正好和盲鱼相反,有着一双特别敏锐、特别大的眼睛。那双眼睛活像一架望远镜,鼓在外面,借着一丝偶然射来的光线,捕获猎物。那些闪光的鱼就更有意思啦,它们自备'灯笼',遇到敌害时,还会自己熄灭呢。"

正说着,潜水器已经进入五号地区了。

水深指示仪上的数字在不断跳动着:1000 米、2000 米……

于教授严肃地望着透明壁后安详地匍匐着的阿回,对小军说:"给

95

惊奇一生的破案故事

阿回加压！"

小军按下一个装有红灯的开关。瞬时，一阵细弱的"丝丝"声，从阿回的舱内传过来。

"于教授，深海动物一定都有一副又厚又硬的盔甲吧？否则，按照水深每 10 米增加一个大气压，在这数百个大气压力下，海兽不会被压扁吗？"小军望着玻璃壁后显得烦躁不安的阿回说。

"不，不，"于教授摇了摇头说，"深海动物有着特殊的结构，它们的表皮多孔而有渗透性，

海水可以直接到细胞里，使身体里外的压力保持平衡。这样，压力再大也相互抵消了。"

说着，"丝丝"声突然停止了，红灯自动熄灭，说明阿回体内的压力已经和潜水器外的海水压力一致了。舱里恢复了原来的宁静。

于教授检查了舱内所有的仪表，果断地命令："放阿回出去！"

"是！"小军拉了下闸把儿，潜水器的尾部敞开了一个大洞，阿回猛一调头，蹿了出去。

海底，像长夜的天空一样，宁静、黑暗。潜水器的强烈光柱，像探照灯一样直射前方。

小军望着消失在灯影里的阿回，心里有说不出的高兴和担忧……

两年前，小军刚进中学的时候，他参加了少年宫的"海生动物驯养班"。在于教授的辅导下，他接受了驯养海豚阿回的任务。在和阿回的长期接触中，小军发现，海豚在很浑浊的水里，照样有捕捉到活鱼的本领。有一次，他做了一个有趣的试验：用两只橡皮吸盘蒙住了阿回的双眼，结果阿回在看不见光的情况下，仍然能准确无误地捕获猎物。他把试验的结果告诉于教授，教授高兴地告诉他，海豚头部有一对天生的"雷达"，它会发出一种特殊的声音，来辨别水里的目标。那天，教

授很高兴,他把自己多年来在对海豚语言研究方面的情况,告诉了小军。

"语言,海豚还有语言?"小军心里想。从此,他协助于教授,做了不少探索海豚语言的试验。

这次,小军第一次带着阿回,跟随红领巾号生物考察船来执行任务。你说,他怎么会不高兴呢?然而,阿回潜入这样的深海毕竟还是第一遭啊,万一……小军的心像被揪住了一样的紧张。

"你看!"于教授熄灭了舱间的灯光,他的声音把小军从沉思中唤醒过来。这时,电视机里出现了阿回在水底礁石丛探索的镜头。它像一个老练的侦察员一样,小心翼翼地四处巡视,缓慢前进。

"阿回真能干,它完全可以独立工作了。"于教授调谐着电视机的明暗度,高兴地说。

"是啊……"小军正要接下去讲,只见阿回突然加快了速度,朝一个井穴般的窟窿里钻去。

虽然是漆黑的海底,但通过激光电视接收装置,在电视里反映出来的图像,仍然十分清晰。在大约 5 米直径的窟窿中央,仰卧着一个四肢展开、穿着潜水衣的人。阿回警惕地在他身边转了几圈,然后灵巧地用嘴把他托起来,利用海水的浮力,吃力地朝前推进。经过阿回的几次努力,潜水员开始蠕动了,他艰难地站起来。这时候可以看到,由于刚才受到海怪的猛烈袭击,潜水员的头盔被撞了个大凹窝,激光手枪不见了,脚下的橡胶蹼也只剩了一只,背上的推进器像被绞过似的扭曲着。他像掉入井底那样,步履跟跄地在洞壁四周摸索,试图寻找一条出路。当电视上出现他的背影的时候,小军几乎和于教授同时叫出声来:"啊!是海底矿藏考察队的。"

这时候,阿回像一个机智的救护员一样,敏捷地游到潜水员的脚

97

惊奇一生的破案故事

下，乖乖地伏下身子，示意潜水员骑上它的背，把他带出去。

阿回的好意，使潜水员感到意外的惊奇，他惶惑地望着这奇怪的海豚，一时不知所措。

就在潜水员犹豫的一瞬间，一团白色的柔软物，从"井洞口"掉了下来。

就在这时候，阿回疯了似的朝那团白色怪物扑去。瞬时，那团怪物展开柔软的触须迎了上来。

"章鱼！"于教授惊叫起来。

一场厮杀开始了，章鱼瞪大圆圆的黄眼睛，挥舞着八条像蛇身一样柔软而又有力的触手，凶神恶煞地把阿回拦腰攫住。阿回拍打着尾巴，拼命搏斗着。在一旁惊呆了的潜水员，几次挥舞着双拳，想上去助阿回一把力，但他无法近身。这时候，狡猾的章鱼偷偷伸过一只触手，妄图堵住阿回的呼吸孔，把它闷死。谁知阿回倏地一抬头，一口咬住那只伸来的触手。这突如其来的回击，使那章鱼异常的疼痛和惊吓。它放松了对阿回的缠绕，拼命想缩回那只被咬住的触手。谁知阿回被放松后，力气更大了，死劲咬住章鱼的触手不放……在这生死攸关的时刻，章鱼使出了它最后的绝招——

"放毒！"随着小军一声惊呼，一团黑色浆液在翻滚着，犹如雷雨前天空中的乌云，一眨眼，把整个荧光屏遮住了。

小军知道，如果阿回不幸吸进章鱼的黑汁以后，会中毒的。他用颤抖的声音请求："于教授，让我去助战吧？"教授沉着地回答："不要怕，根据这条章鱼的大小判断，它战胜不了阿回的。不过，这聪明的阿回可能要受点小伤。"

不一会儿，电视上的"乌云"渐渐地消散了，刚才阿回和章鱼搏斗的战场又显露了出来。果然，那条章鱼软绵绵地瘫在洞底下，缩成一团,在微微颤抖。潜水员赶紧扑过去,狠狠踩上几脚,直到它完全不能动弹。

不知什么时候,阿回又在电视中出现了,它围绕死章鱼兜了几圈,然后拖着疲惫的身子,摆动着尾巴,游到潜水员身旁,乖乖地伏下,并不时重复着刚才的动作,示意潜水员骑到它的背上去。

刚才发生的一切,潜水员感到异常的疑惑和不安。他知道,海豚通过驯养能够为人服务。但他对阿回得来历还不明白,所以他对阿回的一番盛情,还不敢马上相信。他试探着摸了摸阿回的头,聪明的阿回友善地张开口,吻了吻潜水员的金属手套,摆动着尾巴,仍然重复着刚才的动作。

这时,潜水员才放心地迈开步子,跨到阿回肥壮的背上……

"探索号"潜水器的舱间里,灯光通明。于教授正在接待一位陌生的客人。也许是太饿了吧,客人用汤匙把罐头里的食物大口大口地朝嘴罩送。

"你是海底矿藏考察队的吧?"于教授问。

"是啊,我是和同志们一起来海底寻找镍矿的,我走在队伍后面。真不凑巧,半路上遇着一只奇怪的海兽,突然对我发动了进攻,我跟它展开了激烈的搏斗,我掉队啦……"他一面说一面咀嚼着。

"我都看到啦。"客人的渲染并没有引起教授的兴趣,他回答。

"都看到了?"客人奇怪地问。

"是呀,我们在你出事的五号地区,安放了激光电视装置。通过它,能看到五号地区的一切。幸亏在电视里被我们发觉,否则你可危险呐。"于教授说。

"同志,你们是……"客人肃然起敬地问。

于教授微笑着说:"这是少年宫的一条考察船,我是给他们做辅导

惊奇一生的破案故事

的。这次出海主要是带领一群海豚来搞实地演习。"

"海豚？就是刚才驮我的那个黑家伙。"客人见教授在点头，于是扔下空罐头，继续说，"我起先还以为它是野生的呢，谁知它像警犬一样机敏、勇敢。如果没有它，我今天准要吃章鱼的大亏。"

教授看到客人赞扬他的阿回，脸上显出了得意的神色。他说："有人把海豚称做水下警犬，其实哪，它比警犬要聪明得多，是海洋中的'智能动物'。"客人不禁赞叹地说："如果海豚能早日为我们海底勘察服务，那该多好呀！"

"可不，我们训练的海豚，已经能在深海帮人们做不少事啦，诸如：侦察鱼群的行迹、执行深海爆破任务、侦察潜艇、抢救落水人等。最后，我们又解决了人和海豚通话的难题。用不了多久，我们将把一批训练成熟的海豚移交给你们单位，供实际应用。"

"真的？"客人高兴地问。

这时候，小军给阿回受伤的嘴唇敷过药，从隔壁舱间里钻过来。他听见于教授和客人正在谈论移交海豚的事，便关切地问："于教授，阿回也移交给他们吗？"

"嗯，舍不得吗？"于教授望着小军胸前的红领巾问。

"不，不是的……"小军克制着自己的感情回答。

"哈哈……"于教授和客人一起笑了。小军绽开了挂着泪花的小脸蛋，也笑了。

"探索号"潜水器返航了，它缓缓地向上升着。操纵台上的指示灯，在不断地变换着信号和数字。

透明玻璃壁后面的阿回，正摇晃着尾巴，在追赶一群惊慌逃窜的小鱼。

小军按了下减压开关，舱里又响起了加压时那种细弱的"丝丝"

声。减压结束后,阿回自然地晃了晃身子,把头套进一只特殊的金属帽子里。这时候,操纵台上的红灯,一闪一闪,放出脉冲式的闪光。阿回舒坦地摆动着身子,显出一副轻松的神态。

客人望着阿回的动作,诧异地问:"它在呼吸氧气吧?"

"不,这顶特殊的帽子里,有一个放脉冲电流的电极,它正好对准海豚脑子的快感区,海豚戴上它,会得到一种意外的快感。每当海豚立功后,我们就用这个办法奖励它。你看,这家伙现在多舒服。"于教授指着轻轻摆动着尾巴的阿回,差点笑出声来。

说起帽子,客人仿佛想起了一件什么事。他拍着脑袋喊:"哎哟,我的潜水头盔呢?"

"在这里呢,刚才给你减压时,把它忘在减压箱里了。"小军把一个有凹窝的湿淋淋的头盔放到他面前。

"老天,总算没撞坏。"客人自言自语地拣起头盔,从前额的地方拧下一个水下微型照相机,递给于教授问:"这里有冲洗设备吗?"

"干什么?"于教授接过照相机问。

"这里边有我刚才跟海怪搏斗时拍摄的全部电影胶卷,您是搞海洋生物的,留着或许有点用处。"

"啊,那真是太感谢了! 小军,拿去冲洗。"于教授高兴地吩咐。

半小时后,荧光屏上映出了潜水员和海怪搏斗的慢镜头。

"教授,这家伙的动作很笨拙,如果有几只海豚作助手的话,我一定能抓个活的。"客人很自信地说。

"是啊,如果海豚投入应用的话,肯定会解决不少水下困难。"于教授点了点头回答。

说话间,舱内圆形玻璃上,蒙上了一层浅淡的玫瑰色。随着"探索号"的上升,那颜色越来越亮,它仿佛在告诉人们,潜水器离水面越来越近了。"潜水员同志,出了水面请您先到我们红领巾号上做客吧!"小军巡视着操纵台上的仪表,热情地对客人说。"好,那太好啦。"客人笑眯眯地答应。说着,潜水器已经浮出水面,小军争先恐后爬上梯子,打开通向瞭望台的舱盖,招呼着教授和客人:"快,快上来吧!"

不远处,平静的海面上,驶来了一艘写着"海底矿藏考察"的救生船。那船见"探索号"浮出水面,很快地靠了过来。瞬时,一个戴黑框眼镜的中年人,倏地跳上潜水器的瞭望台,一把握住于教授的手,说:"太感谢你们了,你们搭救了我们的同志,我们在电视中都看到啦。"

潜水员给于教授介绍说:"这是我们的考察队长老吴。"

"哦!"于教授愣了一下,然后使劲握住老吴的手说,"这是我们应该做的。"

"呜——呜——"突然,海面上传来一阵高亢的汽笛声。"探索号"离绿色的红领巾号生物考察船不远了。

"于教授,你看!"小军指着对面船舷旁一群正在挥舞着红领巾欢呼的少年,回头对两位客人说,"请上我们的船去做客吧,同学们正等着哪。"

动物小知识

　　海豚属于鲸目海豚科,分布于世界各海域。最常见的为瓶鼻海豚和普通海豚。海豚通常成群行动,彼此以声音联络。它的气管能发出许多种声音,不同的声音代表不同的意义,好像在说话。最特别的是,它能够利用一种高频率声音撞击到物体所生的回音,判断物体的位置,而借此寻找食物,或避免撞到东西。